絶対に終電を逃さない女

シティガール未満

柏書房

シティガール未満

はじめに

地方都市の公営団地に生まれ育ち、バスが一日二本しかない田舎で思春期を過ごした。ある程度はネットやレンタルで音楽も聴けたし映画も観れたけれど、たまに車で連れて行ってもらえるヴィレッジヴァンガードが、私にとって物理的にサブカルチャーに触れられる唯一の空間で、最も東京に近づける特別な場所だった。

ただ退屈なだけなら、どんなに良かっただろう。友達はほとんどいなかったし、高校生の頃は毎日一人で弁当を食べていて、上手く喉を通らず毎日残していた。そんな私を見た他のクラスの女子が「寂しそ〜」とつぶやくのが聞こえたことがある。別に寂しくはなかったが、感情を決めつけられて可哀想な子というレッテルを貼られるのは屈辱だった。

これはきっと私の人生の前夜に過ぎない。早くこんなところを抜け出して、誰も私を知らない場所に行きたい。魔法みたいに東京がすべてを解決してくれる、そんな幻想を抱いて上京した十八歳。友達と一緒にご飯をお腹いっぱい食べられるようにはなったものの、思い描いていたよりは輝けていない自分がそこにはいた。

東京には東京の残酷さがあって、けれど東京には東京の優しさも確かにあった。

高層ビルも人混みもいつしか日常風景となり、待ち合わせ場所が東京の固有名詞というだけで光って見えた日々も過ぎ去っていく。大学を出て一年が経とうとしていた頃、「東京発信の最新ファッション&カルチャー情報」を掲げる雑誌「ＧＩＮＺＡ《ギンザ》」のウェブ版でエッセイの連載を持たせてもらえることになった。

東京で暮らしていて、ファッションやカルチャーが好きだけど、ＧＩＮＺＡやＰＯＰＥＹＥ《ポパイ》に載っているようなキラキラした人にはなれていない。オシャレだねと言ってもらえることはあっても、スナップに載ったことはないし、オシャレなお店に入るのも苦手だし、部屋も散らかっているし、お金もない。かといって無理に雑誌やインフルエンサーの真似事をするのはダサいし、他の誰かになりたいわけでもない。

そんな漠然としたコンプレックスと曖昧なニュアンスを込めてこのタイトルを付けた。

平成の終わりから令和、そしてコロナ禍の東京。その様々な街で、起こったこと、考えたこと、思い出したことが、都心の路線図のごとく複雑に絡み合っていく。これはそんな私の個人的な記録だが、きっと見知らぬあなたの記憶とも、どこかで交差するだろう。

シティガール未満

もくじ

本書は二〇一九年から二〇二二年にかけて書かれたものです。
情報は執筆当時のものとなります。

1

渋谷西村フルーツパーラー

「クリームソーダの緑と服の赤がすごく良いコントラストですね」

編集者さんが私の着ている真っ赤なカーディガンを指して言う。テーブルの上にはクリームソーダとコーヒー、GINZA二〇一九年二月号。スナップ写真がコラージュされた表紙のコピーは「今日、なに着てる?」と問いかけてくる。

私は今、渋谷西村フルーツパーラーでクリームソーダを飲みながらGINZAの打ち合わせをしている。

しかも相手は、かつてGINZAのウェブ版で絶大な人気を博した連載『自由すぎる私服スナップ　編アシKO《ケーオー》の今週の出勤服は?』でお馴染みのKOさんだ。私はかねてより

ＫＯさんのファンで、私服スナップはもちろん、現在編集を担当されている『ＧＩＮＺＡ女子の１ヶ月着回し』も愛読し、インスタの個人アカウントまでチェックしているほどである。

そんな憧れのファッション誌の憧れのカリスマ編集者さんから、コネも実績もなければインフルエンサーでもないただの駆け出しのライターである私に突然連絡が来たものだから、夢かと思って人生で初めて頬をつねってみたりしたのが一週間前。メールひとつであんなにドキドキしたのは、高校生の頃に好きな人からメールが来た時くらいだ。結局あの人はクラスのみんなに送っていただけだったが、今回は違う。コラムニストなどのウィキペディアでよく見る「ブログが編集者の目に留まり……」というやつが、自分の身に起こったのだ。

私は今、渋谷西村フルーツパーラーでクリームソーダを飲みながら、ＫＯさんとＧＩＮＺＡの打ち合わせをしている。窓際のテーブルから、スクランブル交差点を行き交う人々を横目に見下ろす。これはもうシティガールを名乗ってもいいのではないだろうか。

「写真撮っていいですか？」

KOさんがクリームソーダ越しに私の赤いカーディガンをさらりとiPhoneのカメラに収める。もちろんいいですよ、と平静を装いつつも私は心の中で小さくガッツポーズをした。これで私も写真を撮れる。

気にしすぎかもしれないが、インスタ映えを追求している人だと思われたくなくて、誰かと一緒にいる時に飲食物などを撮影することに抵抗がある。実際のところ特段インスタに凝っているわけではないので軽く一、二枚撮れれば十分なのだが、スマホを構えただけで「インスタ映え（笑）」という視線が向けられるのではないかと日和《ひよ》ってしまう。でもさらっと撮った感じなのにそこはかとなくオシャレな雰囲気が漂う写真を投稿する人になりたい気持ちもあって、そうして葛藤しているうちに時間だけが過ぎていく。だから相手が先に写真を撮り出してくれると助かるのだ。じゃあ私も、とクリームソーダ越しにKOさんの鮮やかなピンク色のセーターが映り込むようにシャッターを押した。

そういえば、私にはGINZAにまつわる長年の疑問があった。きっかけは数年前、イラストレーターの知人とよく読む雑誌の話になった際に、私が地名の銀座と同じイントネーションでGINZAを挙げたところ、GIにアクセントを置くイントネーションに訂正されたことだ。ネットで調べても正確な情報には辿り着けず、どちらが正しいのかずっと気になっていたのだが、KOさんの発する「GINZA」は全て地名の銀座と同じだ。編集部の人が言うのだから確実だろう。

「GINZAの読者って、GINZAに載ってる服を実際に買ってるんですか？」

もう一つ、長年の疑問をぶつけてみる。私自身もGINZAをはじめとするモード誌を好んで読んでいるが、載っているアイテムはとても買えない。二十代から三十代の女性の平均所得や、ファストファッションの流行などから考えても、毎月のようにハイブランドの服を買える人は少ないのではないか。

「買えなくても、イマジネーションは湧くじゃないですか。いつかこんなふうになりたいなあ、みたいな。仕事を頑張るモチベーションにもなるし」とKOさんは言う。目尻に引かれたシルバーのアイラインが印象的だ。人と目を合わせるのが苦手な私でも、つい見つめたくなるような輝きを放っている。

「そうですよね。私も、買えないのになぜファッション誌を読むのかって聞かれたりしますけど、見るだけでも楽しいし、何より夢がありますから」

雑誌はカタログと違って、掲載商品を買うことだけが目的ではない。少女漫画に出てくる女の子が片想いの相手について「見てるだけでいいの」と言うように、素敵なファッションページは眺めるだけで幸せな気分になれる。そして、こんな服を着てみたい、こんな部屋で暮らしてみたいと思いを馳せてはページをめくり、いつかそれが現実になることを夢見ているのだ。

打ち合わせが終わって店を出た私は、ふらふらと横断歩道を渡り、向かいの西武に吸い込まれていた。重いガラスの扉を押し開け、一階のコスメ売り場を冷やかす。もちろんデパコスだって気軽に買える値段ではない。雑誌と同じく、いつも指をくわえて見ているだけ。

二階へ昇るエスカレーターに乗ると、TOGA《トーガ》のブーツが目に飛び込んできた。黒のレザーに並ぶ四連の、シルバーのメタルバックル。履いているのは私と同世代くらいの若い女性。

TOGAは高校生の頃から憧れているブランドで、特に靴が好きだ。でも買えないから、私は今日もZARAの靴を履いている。まだそんなに履いていないのに、つま先の傷は結構目立つ。

何より夢がありますから。

ついさっき自分の口から出た言葉を思い出す。確かに夢はある。でも時々、それは永遠に叶うことのない夢なのではないかと、虚しくもなる。憧れのブランドを買える未来が現実的かと問われたら、返答に窮してしまう。一生買えないかもしれないブランドのコレクションをチェックすることに、何の意味があるのだろう。ウィンドウショッピングだけで終わる人生ならば、いっそ何も見ないほうが幸せなのではないか。

私は踵を返して下りのエスカレーターに乗り、西武を出ると早足にスクランブル交差点を渡って渋谷駅の改札をくぐった。おとなしく帰って仕事をしよう。そう言い聞かせながら自宅の最寄り駅近くのミスタードーナツに寄り、黙々と四時間かけて文字起こしの仕事を終わらせた。原稿料は到底、ＴＯＧＡの靴には届かないけれど。

外に出ると、一段と冷たくなった夜の空気が張り詰めていて、そのうえ雨が降っていた。折り畳み傘を広げ、連載の内容を考えながら家路を急いでいるうちに雨は雪へと変わった。初連載が決まった日に、東京の初雪。なんだか祝福されているような気分になって検索してみると、数週間前にひっそりと初雪は降り、東京では今年二度目の雪らしかった。

小さくため息を吐いてから、カメラロールを開いてクリームソーダの写真を見返す。なんだかんだ言っても、雲の上の存在だと思っていた人と会えて、その人と仕事をすることになったのだから、それこそ夢みたいな話じゃないか。

冷え切ったｉＰｈｏｎｅの画面が、指先の体温で結露していく。私は観測上の初雪には立ち会っていないし、私にとっては今日が初雪ということにしたい。

それからやっぱり、もう少し夢を見ていようと思う。

2

新宿の相席居酒屋とディスクユニオン

新宿ゴールデン街のスナックで飲んで、終電に間に合うように店を出たつもりが、少し走らないと乗り遅れそうな時間になっていた。

「私、急ぐの嫌いなんだよね」そう言うと後輩は「私も嫌いです」と即答だったので、じゃあいっか、と私たちはあっさり終電を諦めた。

不眠症になったばかりだった大学四年の五月。かつてはモラトリアムを過ごす大学生とは思えないくらい早寝早起きを徹底していた私だが、その頃はすっかり生活リズムが崩壊していて、その日も家に帰ったところでどうせ眠れないことはわかりきっていたし、もはや終電なんかどうでもよかった。同じ音楽サークル所属でありクラブ通いの後輩も、やはり昼夜逆転していたのだった。
ちなみに終電を逃すのはペンネームと矛盾していると思われがちだが、「絶対に終電を逃さない女」とは、例えば飲み会で「やべーもうすぐ終電だから帰るわー」などと言いつつだらだら過ごして「うわ！　終電逃した！」と騒いで盛り上がるような自己欺瞞としか思えない終電逃し芸や、一夜を共にするための「終電逃しちゃった」というベタな口実といった、終電までに帰るかのような意思を示しておきながら終電を逃すという茶番に対するカウンターである。ゆえに、自ら終電を逃す意思表示をしてから逃す場合は、絶対に終電を逃さない女のコンセプトと矛盾しないことをここに明記しておく。

ゴールデン街ではしごしようかという話にもなったが、お互い金欠だったこともあり、相席居酒屋を提案したのは私だった。朝まで営業している上に女性は無料らしいし、以前から一度くらいは体験してみたいと思っていたのでちょうどいいのではないかと閃いたのだ。出会いを求めてというよりは、いつも教室の隅で生きてきて合コンすら参加したことのない私があえて相席居酒屋に行ってみるのも一興なのではないかという、ありきたりな発想だった。同じく未経験の後輩も、まあタダだしいいか、というごく軽いノリで足を運ぶことになった。

歌舞伎町のラブホテル街に差し掛かり、巷でラブホ女子会なるものが流行っているという話を思い出して、ラブホも良いかも、でも高いよね、と諦めたり、「ハイ！　僕ケヴィン！　パパ探してない？　ケヴィン紹介できるよ！」と一人称がケヴィンのパパ活斡旋《あっせん》男に絡まれたりしながら、私たちは相席居酒屋を目指してだらだらと歩いた。

深夜一時半。ほとんどの店のシャッターが閉まり人気《ひとけ》も減ってまるで生気のない新宿の街の中で、相変わらずギラギラした眩い光を放ち続けている歌舞伎町だけが眠らない街なのだと知った。

少し遠回りをして新宿駅近くの相席居酒屋に着き、入店すると店員さんが早速システムの説明をしてくれた。女性は完全無料で食べ飲み放題、しかも深夜一時以降に入店した女性限定でロクシタンのハンドクリームのプレゼントキャンペーンまでやっていると言う。タダで飲み食いできてロクシタンまで貰えるなんて最高じゃん。その考えがいかに甘いかなんて、この時は想像だにしなかった。

案内されたのは三十代前半くらいの男性二人組のテーブルだった。チャラい感じの男性しか来ないのではと構えていた私は、彼らの落ち着いた佇まいに軽く胸を撫で下ろした。

挨拶を済ませてからビュッフェ形式のフードとドリンクを取りに行き、居酒屋の普通のサワー二杯で嘔吐したトラウマを持つ私は、既にスナックで一杯飲んでいたこともあり、オレンジジュースを注いだ。

映画やドラマの制作会社の同僚だという彼らは、よく暇つぶしで相席居酒屋に来るらしい。ある大ヒット映画の撮影の裏話に私たちはへ〜とそれなりに感心して、小松菜奈に会ったことがあるという話を私は羨ましがった。

「二人は映画とか観るの？」

相席居酒屋で文化的な話題が出るとは正直思わなかったが、後輩はフランス映画やスプラッター映画が好きだし、私も人並み以上には映画を観ている。案外話が合うかもしれない……そう期待できたのは一瞬だった。彼らは好きな作品として『百円の恋』、『世界から猫が消えたなら』、『ブルーバレンタイン』などを挙げたが私たちはどれも観たことがなく、逆に好きな作品を聞かれて私は「最近だと『台風クラブ』とか」、後輩は「監督だとグザヴィエ・ドランとか」などと答えてみたものの、彼らはどれも知らないと苦笑いをした。

極めつけに「若い女の子でそういうの知ってるのすごいね」という、いわゆるサブカル女子が年上の男性に言われがちな台詞を久々に言われて、私たちも苦笑いするしかなかったのだった。

　そういえば怖い話があるんだけど、と彼らは話題を変え、相席居酒屋で知り合った女の子たちとある湖に遊びに行った時の心霊体験を披露し始めた。湖や駐車場、人などの位置関係と時刻をやたら細かく話すので、私は話の展開上重要な情報なのかと思って注意深く耳を傾け、刑事さながら頭の中に地図と時系列表を書きながら聞いていたのだが、十分以上かけてようやくオチまで辿り着くと、それらの大部分は主旨と一切関連のない余計な情報だったことがわかって拍子抜けしてしまった。本当に身の毛もよだつ怖い話ではあったものの、疲労のほうが上回ってしまったのだった。

「じゃあ、俺らそろそろ帰るわ。LINE交換しない？」

　そうして一時間半ほど経った頃、手慣れた様子で切り出され、断る口実も特に思いつかず流されるがままにQRコードを表示する私と後輩。彼らにとっても、相席した女の連絡先は毎回とりあえず確保しておくというだけの、いわば流れ作業みたいなものなのだろう。

　深夜だからか客は少なく、次の男性客が来るまでは待ち時間となった。貧乏性の私は、今のうちに食べておこうと揚げ物やミックスナッツを口に運ぶも、あまりにも安っぽい味にすぐに箸が止まってしまう。人との出会いを提供するお店である上に無料なのだから、文句は言えないのだが。

「なんか疲れますね……」

「うん……もう誰も来なくていいわ……」

「あの怖い話、マジで眠かったです」

「ね」

そんな束の間の休息は、男性三人組が私たちのテーブルに案内されたことで終わりを告げた。小学校の休み時間よりも短く感じた。

おそらく三十歳前後であろう彼らは、近くの居酒屋で働いている仲間だと自己紹介をした。そのうち二人は相席居酒屋二回目で、一人は初めてだという。三人ともいかにも歓楽街の大衆居酒屋店員といった風情で、私たちとは縁遠いタイプだった。きっと向こうも私たちのようなタイプと接する機会は少ないのだろう。話題は早々に尽きてしまい、もはや何を話したのかもよく思い出せない。

なんでこんな時間に飲んでるの？　終電逃して不眠症だしどうせ眠れないから飲もうみたいな。俺も不眠症だよ。あー、つらいですよね。どこの大学なの？　早稲田です。俺も早稲田の通信課程だよ。え〜そうなんですか！　突然なんだけど、タコ最初に食った人ってすごくない？　え??　どういうことだよ。だってタコってやばくない？

私は大田区の化粧品工場でライン工のバイトをしていた頃を思い出していた。作業自体は楽だったものの、しばらく続けていると、「自分はこんなことをしていて大丈夫なのだろうか」という漠然とした不安がどこからか湧き上がってきて、耐え切れずに辞めてしまった、あの埋立地の工場。ベルトコンベアを絶え間なく流れてくるアイライナーを黙々と袋に詰める作業を、ひたすらに反復するだけの八時間。生産されるのはプロダクトだけ、時間と労力の引き換えに得るものは日給八千円だけ。あの時の、ただただ時間を空費しているような虚無感が甦った。

タダで飲み食いできたのにもかかわらず、それ以上に何かを失っている気がした。相席居酒屋という空虚な空間に、薄すぎるオレンジジュースが拍車をかけていた。

「あ、じゃあ俺たちそろそろ帰りま〜す」

私と後輩が同時にドリンクを取りに行って戻ってくるやいなや、彼らは一杯だけでそそくさと帰って行った。彼らも同じような気持ちだったのだろうか。

「絶対私たちが席を外してるあいだにさっさと帰ろうぜみたいになってたよね」

「ハズレだった、みたいな」

お店にも男性客たちにも罪はない。私は知らない人と他愛ないお喋りをするのが苦手だということを改めて痛感し、そんな人間が行くようなところではなかったと身をもって学んだのだ。

味のしない会話に疲れ切って始発を待たずに相席居酒屋をあとにした私たちの手に残されたのは、ロクシタンのハンドクリームだけだった。

私たちは空が白み始めた街をほっついて、互いの最近の悩みなどを語らいながら始発を待った。朝四時のディスクユニオン新宿ヘヴィメタル館になぜか群がっている野良猫だけが癒しだった。

3 池袋　ロサ会館のゲームセンター

ハローワークに通い始めて、何度目かの面談日。起床した時点で昼過ぎ、厳密に言えばベッドから起き上がっていないので起床とは呼べないかもしれない。慢性的な浅い睡眠から覚醒し、上半身を起こすことすらできず、行くかキャンセルするかの逡巡《しゅんじゅん》に三十分を費やした。

初めてハローワークに行った時、睡眠障害により生活リズムが不安定なうえ体力がないため一般的なフルタイムで働けないという判断のもと、門前払いされた。平日毎朝決まった時間に出勤することがそんなに大事なのだろうかと疑問を抱きつつも、騙し騙しハローワークに通っていたのは、安定した収入が欲しかったからだ。

就職するために、睡眠障害を治そうと試行錯誤して、少し改善しては期待し、再び悪化しては絶望することを繰り返した。不眠そのものよりも、眠れないことを気にして生きることが何よりもつらかった。睡眠に振り回されることに、いいかげん疲れていた。

「この前応募された会社は担当の方が忙しいようで、なかなか連絡が来なくて」ハローワークにキャンセルの電話を入れると担当者は回りくどい言い方をしていたが、面接から一ヶ月も経っている。いわゆるサイレントお祈りというやつだろう。日を改めての面談を提案されたが、まだ予定がわからないなどと適当な理由をつけて電話を切った。

そして気がついたら映画館にいた。と書きたいところだが、私はそんな衝動的な行動がしたくてもできない性分である。ハローワークをサボって映画を観に行くなどしていかにも自由人を気取ってみれば、定職に就いていないことに心持ち格好がつくような気もしたし、潔く就職を諦められそうな淡い期待もあって、とにかく自由でもなくかっこよくもない予定調和的な行動に過ぎなかった。

シネマ・ロサが入居しているロサ会館は、池袋西口のロマンス通り沿いにある。ロマンス通りは大衆居酒屋やネットカフェ、パチンコ、カラオケなどが立ち並ぶ無個性な歓楽街で、そこで生まれるロマンスもあるにはあるのだろうが、その可愛らしい響きには似つかわしくないように思えてならない。そんな中で、くすみがかったピンク色の壁に薔薇の絵が描かれたロサ会館だけが、ロマンス通りの名に相応しいレトロでロマンチックな香りを放っている。

窓口で『カメラを止めるな！』のチケットを買ってから、一階のゲームセンターに入った。ここではシネマ・ロサの半券を提示するとメダル二十枚進呈もしくはクレーンゲーム一回無料というキャンペーンがあって、上映までの中途半端な空き時間を潰すにはちょうどいい。

平日昼下がりのゲームセンター。主な客層は中年の男性で、若者はほとんど見当たらない。その多くが一人で黙々とゲームをしているが、よく見るとただ座っているだけの人も少なくない。煙草を吸いながら競馬ゲームをしている人、格ゲーの椅子に座ってスマホをいじっている人、微動だにせずぼーっとメダルゲームをしている人。ジャラジャラと大量のメダルが落ちる音と強烈な煙草の臭《にお》いが、それ以外の音と臭いすべてをかき消し、そこにいる人々を均質に見せている。まるで何も生産しない工場のような空間にも思えてくる。

競馬ゲームの小さな馬の模型が、一斉にレールの上を走り出す。それを虚ろな目で眺めるお爺さんが燻らせる煙草の煙が、一直線に天井の換気扇に吸い込まれていく。

大学を出て就職して定年まで働く、あるいは結婚して子供を産んで主婦になるといった、いわゆるレールに乗った人生。私はそんなふうに生きる自分を想像できたことがほとんどない。

小学生の時点で、自分は大人になって普通に働くことができるのだろうかと行く末を案じていたし、家庭を持つことにもまったく夢を描けなかった。小さい頃から周りの子と明らかに違うと思っていた、と親に言われたこともある。大学四年間で合計六つのバイトをしたが四つもクビになった。大学三年の秋、企業説明会のメールの通知を見るだけで動悸がするようになり、眠れなくなった。精神科に通い始めたものの睡眠導入剤はさしたる効果がなく、就活は後回しにして、卒業することに集中した。大学時代からのアルバイトとツイッターの延長でフリーライターとして仕事をしつつ、障害者枠を含めて就職を目指してきたが、この通り暗雲が立ち込めている。

このゲームセンターは、そんな感傷に浸るための場所でもあるような気がした。

クレーンゲームコーナーに移動すると、二十歳前後と思しき女性と中年男性が目に入った。終始うつむいたまま小さくうなずくだけの女性の顔を覗き込みながら、男性が貼り付いたような笑顔で話しかけ続けている。会話は一切聞こえないものの、彼らのひどく緊張した面持ちとぎこちなさは、どう見ても初対面かそれに近い。普通の親子やカップル然とした戯れを、痛々しいほどに無理やり演じているような不自然で気まずい空気が、二人の周りに充満している。

パンパンに膨れた大きな黒いリュックを背負った男性が、クレーンゲーム機に百円玉を入れ、硬く暗い表情を崩さない女性が心底気怠そうにボタンを押す。右側のアームがぬいぐるみの頭をかすめ、男性はわざとらしく「惜しい！」というリアクションをする。少し間を置いて、男性が出口を指差し、彼らは小さく頷き合った。

映画が終わったあとゲームセンターに寄ってみても、さほど変わらない光景だった。競馬ゲームのお爺さんは同じ椅子に座っていて、馬は同じレールを走り続けている。

人にはそれぞれ事情がある。平日の昼間からゲームセンターに来たくて来ているとは限らないし、誰かの人生の選択は、必ずしも第一希望ではない。

私の人生は消去法だ。新卒で就職できなかったから、フリーライターをやっている。そんな事情を知らない人からは、「フリーライターになりたかったから就職しなかった」と解釈され、「好きなことで生きていく」とか「やりたいことをやる」といった文脈に回収されることがある。『耳をすませば』の名台詞「人と違う生き方はそれなりにしんどいぞ」を引用して揶揄《やゆ》されたこともある。人と違う生き方は確かにしんどい。だがそれ以上に、人と同じ生き方のほうがしんどいこともあるのだ。

進学せず、就職せず、大学を辞めて、会社を辞めて、◯◯をやっている。いわゆるレールから外れた人に対して、それを積極的に選んだと何の疑問もなく決めつける人は、どれだけ人生の選択肢が多かったのだろう。いろんなことを諦めて、いろんな覚悟を背負って選んだかもしれない他人の生き方を嗤《わら》う人は、どんな人生を歩んできたのだろう。

私は文章を書くことが好きだけど、それを生業にしたいとまでは思わない。その一方で、就職もバイトもろくにできないこんな私を、有難いことに物書きとしては求めてくれる人たちがいる。私にとっては、レールに乗り続ける人生のほうが難しいのかもしれない。

私は半券を提示して、あの男女がやっていたクレーンゲーム機を指定した。彼女が取れなかったぬいぐるみを狙ってみたが、一向に落ちる気配はなかった。

今晩は朝まで眠れないだろうなと思った。不眠症も三年目となると、ベッドに入るまでもなくわかるのだ。眠れないことを気にすることで余計に眠れなくなる負の連鎖を断ち切りたい。ハローワークに行くのはもうやめよう。

私の人生には、最後に何が残るのかはまだわからない。この先ライターも消去されてしまうかもしれないし、何も残らないのではないかと不安に苛まれることもある。

それでも私は私でしかないし、生きていかなければならないし、できることをやるしかない。そして自分の人生を愛したい。たとえ消去法の人生でも。

4 早稲田のオリーブ少女

早大通りのアスファルトに敷かれたブルーシートの上の、黄色地に緑と青の細いストライプ柄のワンピースを手に取ると、「おばさんが多いから売れ残っちゃったのよ。ほら、細くないと着れないから。四〇〇円でいいわよ」と、出店者のおばあさんは声をひそめて笑う。大きく尖った襟と大きな白いボタンが七〇年代チックな、ノースリーブの膝上丈。この人が若い頃に着ていたものなのだろうか。

大学の後輩に勧められた、大隈《おおくま》講堂近くで毎年開催される「鶴巻町フェスティバル」のフリーマーケット。掘り出し物がありそうな予感にわくわくしながら歩いていくと、ハンガーラックに掛けられた、黒いタートルネックの半袖ニットが目に留まった。胸のあたりに筆記体で〝elecrik〟と書かれた赤い糸の刺繍があり、最後のkと繋がるように、真っ赤なルージュを模したアップリケが付いている。

「それお買い得よ。ソニア リキエルが五〇〇円！」

出店者は、オレンジ色に染めたくるくるのショートヘアが印象的な、四十代後半くらいの女性。甲高い声で歌うように喋り、その髪も相まって色鮮やかな小鳥みたいな人だと思った。

「昔、このニットにこのスカートとこのバッグを合わせて着てたのよ。でももう着ないし、持っててても仕方ないから」彼女が指したのは赤のタータンチェックのティアードロングスカートと、犬のアップリケが付いた小さなトートバッグ。スカートが掛かっているハンガーには「マドモアゼルノンノン」、バッグのハンガーには「ドゥファミリィ」と書かれた正方形のガムテープが貼られている。

私は思った。ひょっとしてこの人は、元「オリーブ少女」ではないか。

「可愛いでしょ？　他にもいろいろあったんだけどねえ、もう売れちゃったのよ〜」

もっと早く来るべきだった。売れ残っているマドモアゼルノンノンやアトリエサブのワンピースはどれも綺麗な状態で、その話しぶりからも、大切にしてきた服なのだと伝わってくる。セールストークなんかじゃなく、本当に可愛いと思っているから可愛いと言っているのだと。

私はここ数ヶ月、伝説の雑誌「Ｏｌｉｖｅ《オリーブ》」にハマっている。具体的には国立国会図書館でオリーブを読み漁ったり、古本屋でオリーブを探したり、オリーブに関する文献を読んだり、メルカリで元オリーブ少女らしきユーザーを探して出品一覧を眺めたりしている。

オリーブといえば、一般的にはどちらかというと九〇年代の渋谷系のイメージが強いかもしれないが、私が好きなのはＤＣブランドが多く掲載されていた八〇年代のロマンチック路線のオリーブである。勝手ながらここでは、その時代に限定して語らせてもらいたい。

ブランドで言うとATSUKI ONISHIやVIVA YOUやMILKなどの、赤やピンクや白を基調とし、大きなフリルの襟やレース、小花柄などを特徴とする、デコラティブで過剰なほど少女らしいスタイルに目がない。とち狂ったような重ね着や、本物の葉っぱが付いた小枝をシャツのボタンループに通してブローチ風にしたり、コック帽をかぶってみたりとＤＩＹ精神溢れる斬新なスタイリングにも衝撃を受けた。固定観念に囚われない自由なファッションの風に童心を呼び覚まされ、ひとたびページをめくればそこは夢の世界。

――ならば潔く夢のままにしておくべきだったのかもしれない。私はいつしか、オリーブ少女になりたいという願望を抱いていたのだ。

親切にも用意された姿見の前で、ソニア リキエルのニットとマドモアゼルノンノンのスカートを身体にあてがってみる。そもそもオリーブの主要な読者層は中高生だったわけだが、そこに映っているのは、二十三歳の年相応の女である。ニットは私のワードローブにあってもおかしくないデザインだが、何層にも重なったフリルがボリューミーなシルエットを生み出しているスカートは、どう頑張っても似合う気がしない。

その服が好きかどうかよりも、その服を着た自分が好きかどうかが、私の服を選ぶ指針である。そのためには「好き」と「似合う」の両立が必要になってくる。どんなに好みのデザインでも、似合っている自信がないと、その服を着た自分ごと愛せはしない。

オリーブ少女への道に立ちはだかる最大の障壁は、昭和のオリーブらしいガーリーでロマンチックなファッションが似合わないことだった。

一方で、オリーブが提案しているファッションやライフスタイルを実践してさえいればオリーブ少女、というわけでもない。オリーブが真に示していたのは、わかりやすいオシャレの正解や絶対的なロールモデルなどではなく、ファッションやメイクのみならず人生全般における選択一つ一つを熟考して選び取るような、主体的な女性像である。誌面に書いてあることを無批判に受け入れることは、むしろオリーブ精神に反するのだ。

オリーブの存在すら知らなかった少女の頃から、私は漠然とオリーブ精神に近いものを持って生きてきた気がする。それを無意識のうちに嗅ぎ取ってオリーブに惹かれたのかもしれない。その意味で私は既に本質的にはオリーブ少女であり、今さら目指すようなものでもないのではないか。

そのことに思い至ってからは、オリーブ少女になりたいという願望は薄れていた。だがそうすることで自らの欲に蓋をしていた部分もあったのかもしれない。元オリーブ少女らしき人に出会ったことで、否応なく向き合わされている。

私はジェンダーレスでモードなファッションも好きだし、ストリート系やパンクファッションも好きだ。どんな服を着ていても何歳になっても、心はオリーブ少女だと言うことはできる。その上で、いかにもオリーブっぽい格好もしてみたい。ただそれだけなのだ。

かつての彼女が合わせていた三点セットを全部買って真似してみるのも、名前すら知らない赤の他人が時代を超えて往年のオリーブ少女を甦らせたみたいで面白いだろう。

これらを身につけた自分を想像する。そして問う。私はこの服を着た私を、好きになれるか。

似合うかどうかなんて気にせず好きな服を自由に着ることができたなら、それはそれで素敵なことだろう。でも少なくとも今は、似合っている服を着ていないと自信を持てない。それは私がオシャレを楽しむために、必要なことなのだ。

結局、ソニア　リキエルのニットだけを買うことにした。裾に何かが引っかかって破れたような穴があるが、それも味だと思える。

「若い人に買ってもらえて嬉しいわ！」

彼女は語尾の「わ」を跳ね上げてそう言った。

いつか私も歳をとって、お気に入りの服を着なくなった時、こうして若者に譲ることができたらいいなと思った。

ここからは余談だが、後日読んだオリーブ一九八四年二月十八日号の「フランス女性のおとなの粋《いき》にあこがれて。」というコラムに、偶然にもこんなことが書いてあった。

「ソニア・リキエルが言ったそうです。
『日本には少女と老女しかいない』って。二十五歳になっても少女で、それから急に老けて、大人のいい女は見当たらない、というのです。いま、オリーブ少女がおとなである必要はないのだけれど……、近い将来には、しゃれた、ソニアの服が似合うような女になりたいよね。少女と老女の間に、素敵な可能性がいっぱいあるはずで、それは一体どんな世界だろう？」

いま、少女と老女の間である私が目指すべきは、オリーブ少女ではなく、しゃれた、ソニアの服が似合うような大人のいい女……、なのかもしれない。

奥渋のサイゼリヤ

5

ミルクアイスのせシナモンフォッカチオ、三一九円。

「久しぶりにこれ食べようかな」メニューを指差して私がそう言うと、大学時代のサークルの後輩は「あ、私もこれにしようと思ってました」と笑った。

数年前まで、私たちは大学近くのサイゼリヤで、ミルクアイスのせシナモンフォッカチオをよく食べていたのだった。あの頃と違うのは、今いるのが奥渋《おくしぶ》のサイゼリヤだという点だ。正式には「サイゼリヤ　渋谷東急ハンズ前店」だが、ここでは奥渋のサイゼリヤと呼んでみたい。なぜなら今日の私は、奥渋というエリアにこだわりがあるからだ。

ドラマ化をきっかけに最近読んだ渋谷直角の『デザイナー渋井直人の休日』。個人事務所を構える五十二歳独身のデザイナー渋井直人の、一見オシャレなのに実は不器用でちょっとダサい日常を描いた漫画で、毎話クスッと笑えてどこか哀愁漂う雰囲気が魅力だ。ドラマ版もキャストがハマっていて、その世界観が見事に再現されている。その渋井がインスタのフォロワーの「miyukibeefさん」とのデート（渋井はデートだと思っているが彼女にとってはおそらくただのオフ会である）にチョイスしたのが、奥渋である。

奥渋といえば、まさに渋井のような余裕のあるハイセンスな大人が生息している、オシャレだけどギラギラしていない落ち着いた街というイメージがある。一方で私は、奥渋にはまったく縁がない。縁がないから、そんな曖昧で乏しいイメージしか持っていないのだ。無論奥渋でデートするような相手もいない私と奥渋を繋ぐ唯一の接点、それが奥渋在住の後輩である。連絡してみると、「私も普段サイゼリヤしか行かないので、この機会に開拓しましょう」とのことだった。

十九時にアップリンク前で待ち合わせをして、「奥渋 KAMIYAMA STREET」の旗が並ぶ通りを散策する。「なんか入りづらい店が多いんですよね。こういう、ガラス張りの」と後輩が言う。イタリアンらしき看板を見つけて覗いた店内は極端なまでに暗く、各テーブルの上に置かれたキャンドルの火が揺れている。人間は火を見ると落ち着くと言うが、これは不安にさせるタイプの火だ。オシャレ度を試されている気がする。覚悟して来たつもりだったのに、いざこういうお店を前にすると緊張してしまう。

渋井の予約ミスにより予定の店に入れず、デート向きの洒脱な店にこだわって探すもこも満席で一時間も奥渋界隈を歩き回った挙句、miyukibeef は帰ってしまうという失敗を反面教師にしつつ、私たちはああでもないこうでもないと奥渋を一周したのち、奥渋にしては比較的庶民派っぽいビストロに収まった。

と思いきや、新鮮な野菜のバーニャカウダをつまんでも、香ばしい鴨のローストを食べても、私の頭の片隅にはサイゼリヤがあった。後輩とは大学周辺の安い中華屋かサイゼリヤでしか会ってこなかったから、慣れないのもあったのだろう。やはりオシャレでお高めな店にいるのは精神的にも財布的にも心もとなく、結局二時間ほどで切り上げてサイゼリヤに向かったのだった。

子供の頃から数えて今までサイゼリヤには百回くらいは行ったと思うが、今日ほどサイゼリヤに安心感を覚えた日はない。座り慣れた直角の固いソファはもはや実家のように落ち着くし、ミルクアイスのせシナモンフォッカチオはさっきのビストロのお通し代よりも安い。

その夜のサイゼリヤは、渋井直人に似ている気もした。それは、オシャレな人が普段隠している自意識を垣間見た時の安心感であるように思う。

ここで言うオシャレな人とは、主にファッションスナップに載っていたり、サロンモデルをやっていたり、フィルムカメラで写真を撮っていたりするような人を指している。インスタの投稿は自撮りより他撮りがメインで、加工はするとしてもインスタのデフォルト機能のみを使い、あからさまなインスタ映えも狙わない。常にキメ過ぎず、自然体なのに可愛い、かっこつけていないように見えるのにかっこいいのがポイントだ。

私はそういう人たちに対して、羨望の眼差しと同時に、疑いの目も向けている。彼らは自身の見てくれやライフスタイルを積極的に発信している割には、自意識が見えなさすぎる。本当に自然体でこんなにイケているのか。こんなに自分の写真を投稿しているということは、実は自己顕示欲や承認欲求が人一倍強いのではないか。

だからフォローしているインスタグラマーやモデルがたまにインスタのストーリーで容姿のコンプレックスを長文で吐露していたり、なぜか投稿した写真を消しては再投稿するのを繰り返したりしているのを見つけると、嬉しくなってしまう。この人も私と同じように、自意識で雁字搦《がんじがら》めになっていたりするのかもしれない、と。

渋井直人もオシャレな人ではある。有名雑誌のディレクションなどを担当する一流デザイナーであり、周囲の人からは「こだわりの人」と呼ばれ、ファッションやインテリアのみならず料理のスパイスひとつに至るまでこだわりにこだわり抜いた美意識を持ち、余暇にはアナログレコードでDJをやるなど、絵に描いたようなオシャレライフを送っている。

しかし渋井は、その華やかなキャリアとライフスタイルの、生々しくてダサくて痛くて恥ずかしい裏側を見せてくれる。オシャレ、かっこいいなどと称賛されればクールに謙遜しつつ心の中では舞い上がるし、職質されたら自身を「オシャレデザイナー」「有名人」などと必死で弁明してしまう。女性に好意を抱かれているとすぐ勘違いしたり、自分より売れている同期のデザイナーに嫉妬したりもする。インスタ用に手料理の写真を何枚も撮っているあいだにパスタは伸び、推しのアイドルの写真集を買うところを偶然会った知人に見られそうになれば咄嗟に隠してしまう。

渋井は、自然にかっこいいのではなく、基本的にかっこつけている。

それならば、表参道で見かけるファッショナブルなあの人も、実はスナップされたくて何往復もしているかもしれない。憧れのインスタグラマーも、いいね数が気になって眠れなかったりするのかもしれない。

もちろん渋井直人はフィクションだが、現実も似たようなものなのではないかと思わせるリアリティがあるのだ。そしてなんだかんだ自分なりの美意識を追求し続けているところが、渋井の愛すべきところなのだとも思う。

わかっている。いちいち人目を気にするのが一番ダサい。終電に揺られながら思った。でもいつか、サイゼリヤ以外の奥渋にもリベンジしたい。まずは後輩に教えてもらった、「ナタ・デ・クリスチアノで玉子タルトをテイクアウトして代々木公園で食べるコース」から。

6 沼袋の純喫茶ザオー

西武新宿線沼袋《ぬまぶくろ》駅。急行は止まらず、沼袋を知る人は「何もない」と形容することもしばしば。だがそれは違う。お前が何も見つけられていないだけだ。

これは「沼袋ウエストゲートパーク」の書き出しである。沼袋ウエストゲートパークとは、私があるメディアで書こうとしていた記事のタイトルであり、『池袋ウエストゲートパーク』とは一切関係ない。沼袋駅周辺のおもしろスポットを紹介していくという内容で、三年ほど前から温めていた渾身の企画だったのだが、原稿案を出してみたところあっさり却下されてしまった。考えあぐねた私は、さしあたりネタ探しのため沼袋に向かったのだった。

大学時代、中野に住んでいた。中野のどの辺？　と聞かれるたびに、中野駅と沼袋駅の中間くらいだと答えていたら、サークル内で「本当は沼袋に住んでるのにかっこつけて中野って言ってる」という噂が立ったことがあるが、私にも沼袋にも失礼である。ちょうど中間なのは紛れもない事実だし、住所は沼袋ではないし、通学には中野駅を使うし、生活拠点が中野駅周辺なのだから、中野に住んでいると言うほうが適切だと思う。そう説明してもムキになっていると笑われたが、仮に沼袋だったとしても私は沼袋に誇りを持てる。沼袋には沼袋の良さがあるのだから。

久々の沼袋駅西口――は存在しないので南口を出て踏切を渡ったところで、突然の雨。朝は雨の予報がなかったので、傘を持ってきていない。自宅のコンビニのビニール傘コレクションが頭をよぎったあと、思い出した。ここは沼袋なのだ。沼袋アンブレラハウスがあるじゃないか。

駅に戻り、傘立てに並んだ色とりどりの傘を物色する。沼袋アンブレラハウスとは、沼袋駅構内に設置されている無料貸出し傘立てのことで、傘は様々な企業や団体から寄付されたものらしい。何の手続きも期限もなく、誰でも借りることができる便利なサービスだ。どうせなら、可愛い傘がいい。青い薔薇の柄がプリントされた高級そうな傘を手に取って開いてみると、表側に金色のペンで大きく「沼袋アンブレラハウス」と書かれている。普段はもっぱら味気ないビニール傘だから、色や柄の付いた傘を差せるだけで少し嬉しい。しばらく駅周辺を散策していたが、雨が強くなってきたので、近くの喫茶店に入ることにした。

駅前の商店街を抜けた青梅《おうめ》街道沿いに、純喫茶ザオーはある。オレンジ色の大きな庇《ひさし》は目立っているのに、駅から少し離れているせいで今まで見つけられなかった。良い喫茶店との出会いというものは、散歩中に偶然見つけて直感で入るのが理想ではあるが、最近はおとなしくネットで探すことにしている。運命の出会いはそうそう転がっていないのだ。

半開きの木製の扉を押すとギイィ……と古い洋館の効果音みたいに軋んで、声の高いおばあちゃんの店主が迎えてくれた。オレンジ色の床にカウンター席とテーブル席があり、天井から青リンゴのような丸い緑色のランプシェードがぶら下がっていて、壁からは唐辛子のような形をした真っ赤なランプシェードが生えている。

と、ここまでは可愛らしい昭和レトロポップな純喫茶といった感じなのだが、奥に進んだ私は目を疑った。

家があったのだ。

それは入って左奥の、座敷のようなスペース。一段高くなった四畳半ほどの畳の上に、色あせたピンク色のソファとちゃぶ台、座布団、ストーブが置かれ、壁には時計、カレンダー、八〇年代くらいの広告ポスター、額装された風景画、姿見、エアコンのリモコンなどが掛かっている。座敷のさらに奥には、風呂場らしきすりガラスのドアまで見える。

ひとまず私は座敷横のテーブルの軋む椅子に腰を下ろし、三三〇円のアイスコーヒーを注文した。

これは店の座敷なのか、閉店中に家として使われている部分なのか、その両方なのか。まるでおばあちゃんの家に遊びに来たみたいな気分にさせられる。

調べたところ、昭和四十年頃から営業しているらしい。どうりで、この店で新しいものと言ったらストーブの上に置かれた「令和幕開け」という見出しの新聞とラジオから流れるあいみょんだけだというくらい、全体的にかなり年季が入っている。下手に改装をして安価なチェーンカフェと大差ない佇まいになってしまった老舗喫茶も少なくない昨今。無理に若作りをせず、生きてきた長さゆえの貫禄がある人に対するような好感を持った。

コーヒーが運ばれてきたタイミングで、スマホをバッグに仕舞って本を取り出す。

静かな喫茶店で小説を読むのが、最近の私のストレス発散法だ。普段はパソコンやスマホの画面を見ている時間が長いので、今レトロな純喫茶がかえって新鮮なように、紙の本が新鮮に感じられるし、小説という他人の人生を読むことは、現実を少しだけ遠ざけてくれる。

だからこの時間だけは、できる限り現実を忘れる。締切の近い原稿、溜まっている洗濯物、将来の不安、こじれた恋愛、高すぎる税金。日々私を悩ませているものすべてを忘れて、本の中の物語だけを見つめるのだ。

「いやあ、またこんな天気になっちゃったね」

常連らしき年配の男性が店に入るなり、店主に向かって言った。

「晴れてたのにねえ」

「もうじき止むよ」

読書も良いけど、他人同士の何気ない日常会話も好きだ。小説と同様に誰かの日常の話も、私にとっては非日常だからだろうか。体感的にお年寄りの雑談は「昔と今の比較」が実に多い。

「俺んちの周り、古い家がいっぱいあったけどみんななくなっちゃった。税金が大変だから。修理も高いし」

「そういえば、セブン-イレブンの前にあった床屋も閉まっちゃって」

「ああ、その近くにあった床屋もなくなったね」

「昔からの床屋はみんなやっていけなくなって辞めちゃったのよ。若い人は床屋なんか行かないから」

窓の外からは、雨がアスファルトを叩く音と、時々走行車がザーッと雨粒を潰しては去っていく音が聞こえる。ラジオからは今日二回目のあいみょん「マリーゴールド」が流れ、アイスコーヒーの中で溶けていく氷がグラスにぶつかって、カラン、と鳴る。

私はこの喫茶店を今まで知らなかったことを後悔した。沼袋のことを知った気になっていたが、まだまだ知らなかった。一度ハマったら抜け出せない沼のような町、沼袋。という一文で沼袋ウエストゲートパークは締めようと思っていたが、よく知りもせずに上手いことを言いたかっただけの自分を反省した。企画が通らなかったのも、それが滲み出ていたからかもしれない。

「ちょっと伺いたいことがあるんだけど」

しばらく黙っていた男性が、財布を出しながら何やらかしこまって店主に話しかけたので、思わず聞き耳を立てる。

「何」

「お風呂ってどうしてんの」

「家にお風呂付いてるわよ」

「ああ、あるの？　ごめん、ないかと思った。銭湯って今ないから困っててさ」

「何言ってるのよ、駅前に一《いち》の湯《ゆ》ってあるじゃない」

「本当に⁉」

「あるわよ」

ああそう……と彼は気の抜けた顔をして会計を済ませ、帰っていった。早速一の湯に行くのだろうか。


いつのまにか閉店時間も迫り、店を出て駅に着いても、雨が止む気配はなかった。

少し考えて、このまま持って帰ることにした。沼袋アンブレラハウスの傘は原則返却しなければならないのだが、また今度返しに来ればいいだろう。

なんか、好きな人にまた会うための口実みたいだな、と思った。

7

歌舞伎町のサブカルキャバ嬢

若い女性なら誰でもいい。

一年経った今でも、この言葉は事あるごとに私の頭の中で警報のように鳴り響いている。お世話になっている編集者さんとの取材終わりでのことだった。

「この前、知り合いのアラフォーのおじさんと二人で飲んだんですけど」

「へえ。どういう経緯で?」

「飲みに行きませんかって突然連絡が来て、一回しか会ったことなかったんですけど、まあまあ趣味も合いそうだったし、行ってみたんです。で、なんで誘ってくれたんですかって聞いたら、『誰にも相手にされないおっさんだから、面白そうな若い女性と話したいんだと思う』って言われました」

「それ絶対下心あったでしょ」

「え、そうですか？　でも、普通に映画とか仕事の話しただけで解散しましたよ」

「いや、別に性的な感じとかはなくても、若い女性と話したいってキャバクラ行く理由と同じじゃん。安いキャバ嬢にされたんだね。若い女性なら誰でもいいんだろうね」

全然、ピンと来なかった。私が二十代前半の若い女であることに間違いはないが、誰でもいいから若い女性と飲みたがるような中年男性が求めているのは、愛想良く話を聞いてくれて積極的に褒めてくれるような、いわゆる男を立てるのが上手い女性なのではないか。私はそのような女性像とは真逆と言っていい。愛想も悪く、お世辞も言えない、ショートヘアで奇抜な柄シャツを好んで着ているような私は、内面的にも外見的にもそういった意味での「女性らしさ」からはかけ離れているという自覚があり、そもそもそういう男性が寄りつかないと思っていたのだ。

そうなんですかねえ、と今ひとつ腑に落ちない私を尻目に、編集者さんは「それコラムにしようよ」と盛り上がっていた。

もしその通りだったら悔しいという気持ちだけはあった。「私はそういう女とは違う」というプライドもどこかにあったのだろう。「まあでも一応奢ってくれたんでしょ？」と聞かれた時、本当は千円払ったのに、「そういう女」として扱われた上に奢ってすらもらえない女だと思われたくなくて咄嗟にそうですねと答えてしまったのがその証左である。

去年の真夏の夜、指定されたのは歌舞伎町のはずれに位置する大衆居酒屋だった。Tさんは生ビール、下戸《げこ》の私はジンジャーエール。店内は非常に騒がしく、私は何度も「え？」と聞き返しながらTさんの話に耳を傾けていた。映画や音楽の話もしたが、三時間のうち半分くらいは、彼が自らの半生とその不満を語っていた気がする。

氷河期世代、独身、非正規雇用、低賃金。もう何者にもなれないという現実を未だに受け入れられないと彼は自嘲し、手持ち無沙汰になった私はジョッキに残った氷が溶けて限りなく水に近づいたジンジャーエールをちびちび飲むしかなかった。

「あの映画の企画出したの、俺なんだよ」

若い頃にしていた仕事についての話の流れで彼は、それなりに邦画を観ている人なら知っているであろう作品名を口にした。私が素直に驚いて思わず「すごいですね」と言うと、彼は「って、十年以上前の唯一の自慢話を未だにしてるっていう」と自虐してから、

「でもこれキャバクラで話してもみんな知らないいって言うんだよね」

ため息混じりにそうこぼした。

数日経ってその決定的な一言を思い出し、ようやく合点がいった。

いわゆるサブカル的な前提知識を共有している若い女性なら、誰でもよかった。話を聞いてもらって、褒められたり慰められたりしたかった。しかも場所は一杯数百円の安居酒屋とくれば、同じ歌舞伎町のキャバクラよりも遥かに安上がりで、私はいわばサブカルキャバ嬢だったというわけだ。

本人も無自覚だったかもしれないが、そもそも、面白そうな「人」ではなくわざわざ「若い女性」と限定した時点で白状していたようなものだろう。「話したいんだと思う」というなぜか客観的な言い回しも若干引っかかっていたが、なるほど「話したいから」とストレートに言うよりは生々しさをカモフラージュする効果があるように思える。

それなのにTさんの話を聞いているあいだ私の頭の中を渦巻いていたのは、自分もこんな中年になってしまったらどうしようという不安だけで、接待を求められているなんて考えもしなかったのだ。

私は女としての役割を比較的意識せずに育ったほうだと思う。父より背が高いのに当たり前のようにヒールを履いていた母には、「女の子らしくしなさい」「女の子なんだから」などと一切言われたことがない。女性らしく、女性だから、女性ならでは、といった言葉を聞くたび、性別で一括りにされることに違和感と嫌悪感を覚えた。大人になってからも、ステレオタイプな女性像を求められそうな対人関係は避けてきた。

そんな私も時には、男性を喜ばせるための「若い女」枠に入れられて、しかもそれを何の疑問も抱かずに受け入れていたのだ。

たかだか一回飲みに誘うくらいで、替えの効かない人物として選ばれたいとまでは思わないし、Tさんを責めたいわけでもない。けれどあの夜、本当に激安サブカルキャバ嬢としか思われていなかったのなら、やはり良い気はしない。そして何より、それまでそんな発想すらなかったことが、指摘されても依然として納得できなかったことが、情けなく、恥ずかしく思ったのだった。

あれから連絡一つ寄越さないままTさんはしれっと私のツイッターのフォローを外したが、私の心には、事あるごとに「若い女性なら誰でもいいんだよ」とささやいてくる悪魔が住み着いてしまった。もし私が若い女じゃなくてもこの人は、友達でいてくれるのか。いろんなことを教えてくれるのか。仕事をくれるのか。私は私である前に、若い女なのだろうか。

映画『GO』で、窪塚洋介演じる主人公が在日韓国人二世というラベルでしか自分を見てもらえないことに対して「俺は俺なんだよ!」と不満を爆発させる名シーンを、度々思い出す。少し文脈は異なるかもしれないが、いくらでも代替可能な都合の良い存在として扱われた時、私の中の窪塚洋介が「俺は俺なんだよ！」と叫んでしまうのだ。

8

東中野　誕生日の珈琲館

昼過ぎに起きてスマホを見ると、「お誕生日おめでとうございます！」という件名のメールが届いていた。差出人は洋服の青山。大学の入学式用に母がスーツを買ってくれた時に登録したものだ。リクルートスーツとしても使えるように無地の黒を選んだのに、ほとんど出番がなくクローゼットの奥に眠ったまま、私は二十四歳になってしまった。せめて安いやつにしてよかった、と思う。

これ以外には誰からも連絡がない。昨日は年齢が増えるほど人生の選択肢が減っていく社会に怯えていたが、今日は友達も減っていくのを実感する。二十歳くらいまでは当日にメッセージを送ってくれたり祝ってくれたりしていた数少ない友人たちからも、徐々に祝われなくなった。

友人にしろ恋人にしろ、祝われたら喜ばなければならないというプレッシャーで緊張してしまい、上手くリアクションを取れない。サプライズなんてもってのほか。そもそも生まれてちょうど何年経ったからといって、そんなにめでたいことなのか。といった理由で、なるべく誕生日を人に教えず祝われることを避け続けた結果である。自ら望んだはずの状況なのに、いざ誰からもＬＩＮＥすら送られてこない誕生日を迎えてみると違った。人知れず歳をとる寂しさと、それまで生きてきたことが報われないような虚しさを思い知り、去年あたりからは避けるのをやめたのだが、もう遅かったのか祝われることは増えず、この有り様だ。

当然誰かと会う予定もなく、せめて自分で自分を祝うために、ある喫茶店に足を運んだ。ＪＲ東中野駅の東口を出て徒歩三十秒、この辺りでは人気の純喫茶「ルーブル」の向かいに佇む、「珈琲茶房　珈琲館」。チェーンカフェの珈琲館とはおそらく無関係だ。昔ながらの小さな喫茶店なのに、入り口が自動ドアというアンバランスさが味わい深い。

数ヶ月前、近くのミニシアター「ポレポレ東中野」に行った際に立ち寄ったのが最初だった。私は初めて入ったお店にオムライスがあるとついオムライスを注文してしまいがちなのだが、ここのは一口食べるやいなや思わず泣きそうになってしまった。なぜか、母の作るオムライスにそっくりだったからだ。

子供の頃、好きな食べ物を聞かれたら真っ先にオムライスを挙げていた私。毎日のように「今日の晩ご飯何?」と母に尋ねてはオムライスと返ってくれば歓喜し、誕生日には母がオムライスと鶏の唐揚げとショートケーキを作ってくれるのが毎年恒例となっていた。それが中学生になると幼い頃よりはオムライス熱も冷め、誕生日は外食をするようになり、実家を出てからは誕生日を家族で過ごすことがなくなったため、母のオムライスも長らく食べていない。

久しぶりに誕生日にお母さんのオムライスが食べたい。否、厳密にはお母さんのではないが、勝手ながら「おふくろの味」と呼ばせてもらおう。そのために今日は来たのだ。

しばらくして、縁《ふち》が花柄の平たいお皿に盛られたオムライスが運ばれてきた。まず見た目が似ている。全体にしっかり火を通した卵にケチャップをかけただけの、オールドスクールなオムライス。卵の厚みのムラや少々無造作な包み方、その上にかかったチューブのケチャップが家庭的な印象を与える。

そして味もやはり母のオムライスと同じだった。

高校を卒業した春、母がオムライスの作り方を実演しながら教えてくれたのを思い出す。塩胡椒とケチャップだけの、シンプルな味付けのチキンライス。どういうわけか私が何回教え通りに作っても同じ味にならないというのに、完璧に再現されている。食べ進めていくと、ケチャップの下に少しだけ卵が破れた部分を見つけて驚く。

卵はちょっとくらい破れてもケチャップで隠しちゃえばいいの、と確かにあの時の母は笑っていた。

店を出ると西へ、東中野ギンザ通りに足が向く。中野に住んでいた頃には時おり東中野に来ていたが、中野駅周辺よりも落ち着いた、夕暮れの似合う街だと改めて思う。駅近くの跨線橋《こせんきょう》から見える、夕日をバックに中央線と総武線が一目散に走り抜けていく風景は、私的東京絶景の一つである。

そういえば、何度か散歩中に通りかかって気になっていた洋菓子店があった。早稲田通りを落合駅方面へ歩いていくと、住宅やオフィスが立ち並ぶ中に突如現れるそれは、思わず目を引かれる異質さを放っていた。「アンドロワ」という金色のレトロなフォントが浮かぶガラス張りの前面がまるで店自体をショーケースのように見せ、かなり年季の入った店内には、彩度低めで装飾の少ないケーキが並ぶショーケースと、小さなテーブルと椅子が一つずつと、なぜか大量のレコードが詰め込まれた棚があった。いつ見ても店内に誰もいないのがまた、そこだけ時が止まっているかのような異空間を思わせた。

数年ぶりに行ってみてもそれらは相変わらずで、入ってみると奥から店主らしきおじいさんが出て来た。ケーキの価格帯は一五〇〜三〇〇円と激安で、中古レコードは「三枚千円」と書かれている。昔から営業しているのだろうが、ケーキとレコードが買える店、というと一周回って今時のオシャレなお店っぽいなと思う。

桃とメロンと洋梨が乗った一五〇円のフルーツタルトは、保冷剤の要否も聞かれずそのまま紙袋に入れられていて、しょうがないので神田川沿いのベンチで食べることにした。隣のベンチでは中年男性が一人でカップ焼きそばを食べている。こういう人を見るとつい背景を想像してしまうが、夕方の神田川でひとりケーキをむさぼる二十代の女も、傍《はた》から見れば相当奇妙に違いない。

フルーツタルトは甘さ控えめで素朴な味がした。メロンを噛むと思った以上に溢れた果汁が、身体じゅうに染み渡った。

誕生日なんて、取るに足らないものだと思っていた。けれどたとえＬＩＮＥメッセージひとつでも、そこに人の温もりは確かに存在するのだと今ならわかる。わざわざ祝ってくれるということは少なくとも嫌われてはいないのだなと思えるし、逆に言えば祝うことは相手に対する好意の表明になりうる。誕生日を祝い合うことは、そういうコミュニケーションでもあるのだろう。

紙袋をぐしゃっと丸めて、ふと気がつく。私が誰にも祝われないのは、人に誕生日を教えていないからというだけでなく、私が人の誕生日を祝っていないからなのではないか。祝ったら祝い返されるだろうと避けていたのだった。それなのになぜ未だに、待っていれば祝われると思い込んでいたのだろう。与えられることしか頭になかった自分の図々しさが身に沁みる。

生きていることも、祝ってもらえることも、決して当たり前ではない。ひねくれるのはもうやめよう。そう決意してベンチから立ち上がる。隣の男性もいつのまにかいなくなっていた。

リハビリがてらに来年の誕生日は実家に帰ってみようか。そしたら母はまた、あのオムライスを作ってくれるだろうか。

9

道玄坂　やまがたと麗郷

ここ一年ほど、美容師さんにお任せで髪を切っている。大学一年の秋から四年間ほぼ同じ髪型を続けてさすがに飽きてきた頃に行った美容室で、勧められるがままに髪型を変えたのがきっかけだった。自分で決めるとどうしても守りに入ってしまいがちだが、思い切って任せることで新しい髪型に挑戦できるのがいい。ちょっとしたラインや形の違いで印象が大きく左右されるもので、似合わないと思っていた髪型も、やってみると案外しっくり来ることもあるのだと学んだ。

ただ美容師にとっても挑戦なのか、奇抜な髪型にされがちでもある。今の私の髪型はオン眉前髪に襟足刈り上げ、耳たぶの高さで切り揃えられたショートボブ。

いわゆるオン眉は、どこに行っても「絶対似合いますよ！」としょっちゅう勧められるのでこれまでも何度かやっているが、毎回似合っている気がせず、伸ばしていたのをまた切られてしまった。好きな髪型ではあるので、今度は似合うかもしれない、と一縷《いちる》の望みを託してみたものの、依然微妙に思えて、もはや美容師にオン眉ノルマがあるか、おもちゃにされているのではと疑い始めている。

モード系のファッション誌などでは定番とも言える髪型だが、やはり世間一般的には珍しいようで、今日も渋谷までの電車内で、やたらと人の視線を感じた。普段から派手な格好や化粧をしているので目立つことには慣れているつもりだが、似合っている自信がないと少しひるんでしまうものだ。幸い今日はホルモンバランスの影響で顔のむくみが取れたからなのか、見慣れただけなのか、昨日まではよりはマシになった気はするのだが。

夜七時に東急東横店前。

上京したばかりの頃は待ち合わせ場所が東京の地名や建物というだけで輝いて見えたのに、いつのまにか何も感じなくなった。家を出て電車に乗って駅の出口を調べることもなく、気がつけば待ち合わせ場所に到着している自分がいる。

「すごく尖った髪型だね」

今回の幹事の先輩が開口一番に言った。

「絶対馬鹿にされると思いました」

「いや馬鹿にしてないよ。尖ってるって言っただけで」

今日会う大学時代のバンドサークルの人たちには、前髪以外ほとんど変わっていない当時から「コシノジュンコみたいだね」「奈良美智《よしとも》の絵に似てる」などと言われてきたので、今日は何を言われるだろうと髪を切った時から考えていたのだ。ちょうど「東京は夜の七時」の野宮真貴、とかだったらいいのだけど。

誰かに似ていると言われる時、その人の容姿に対する世間の美醜の評価がそのまま自分のそれに直結している気がして、身構えてしまう。少なくとも私は、この髪型のありがちな比喩としては最高峰の褒め言葉であろう「レオンのマチルダみたいだね」なんて言ってもらえない。それどころかネットで「マチルダになりたいサブカル女」的な揶揄を見るたびに、別にマチルダを意識しているわけでもないのに少し傷ついている。

全員揃ったところで、道玄坂の居酒屋「やまがた」に向かう。

これは一般的には大学のサークルのOB・OG会に当たるのだろうか。飲み会なんて現役時代ですら年二回しかなかったサークルだから、卒業後も定期的な会合は存在しないのだが、たまにはみんなで集まるのもいいんじゃないかという先輩の気まぐれによって開かれた会である。

集まったのは私が一年の頃に在籍していたメンバーで、現在はそれぞれ会社員や公務員、フリーランスとして働いていたり、大学院に進学したりしている。一部の数人とは今でも遊ぶ仲だが、活動自体が少ない上にみんな仲良しとは言い難いサークルだったので、まともに言葉を交わしたことすらない人もいるし、二、三年ぶりに再会した人もいる。

私だけソフトドリンクを注文すると、「お酒飲めないいんでしたっけ？」と三年ぶりくらいに会った同期に敬語で聞かれるほどの、交流の浅さと距離感。それぞれの現在の基本情報すら共有されていないということで、改めての自己紹介から始めて、今さら買ったZOZOスーツの計測結果、ネットフリックスの好きな番組、美容系ユーチューバーの画一化についてなど、今時な雑談に移っていく。大学時代は音楽の話でよく盛り上がったものだが、もう誰もしようとしなかった。


しばらくして二軒目に移動することになり、私がトイレに行ってから遅れて店を出ようとしたところ、「髪型超可愛いね！」という声が飛んできた。振り向くと、入り口近くのテーブルに座っている三十歳くらいの女性がこちらを見つめていた。

「私もちょうどその髪型にしようと思ってたの。前髪多めだよね？　後ろ見せて。いいなあ、似合う！

「ありがとうございます、あんまり似合わないと思ってたんですけど」

そんなことない、超似合う、可愛い。彼女は繰り返し言った。

本当は、似合うかどうかとか、誰かに似ていると言われるかとかどう思われるかとか、何も気にせず、したい髪型にしたい。いちいち世間の物差しで自分の容姿を測りたくない。けれどまだまだその境地には達せない私は、こういう言葉に少し救われてしまう。

それに、生まれ持った顔立ちや身体的特徴を褒められるのはいかにも外見至上主義的で手放しには喜べないし、その場にいる人たちのコンプレックスを刺激してやいないかと気を揉んでしまうが、自らの意思で選ぶことのできる要素を褒められるのは素直に嬉しい。髪型もその一つと言えるだろう。

今はロングヘアの彼女にもこの髪型は似合いそうだった。お姉さんも似合うと思います、くらい言えばよかったと私は店を出てから後悔した。

そのあと私たちは台湾料理屋「麗郷《れいきょう》」の円卓を囲み、ここには書けないような話ばかりして、一番終電の早い人に合わせた時間で解散した。

当時はいろいろ揉めたりもしていたので最初はハラハラしていたのだが、無事に楽しく終えることができた。幹事の先輩と二人になった山手線で、杞憂《きゆう》だったと話すと、「もうみんな大人だからね」と先輩は言った。

みんな大人になっていく。当たり前だが意外と見落としがちな事実かもしれない。会っていない期間はその人の印象がアップデートされないだけで、何年も経てば大抵の人は何かしら成長している。授業をサボって留年していたような人も毎日定時出社していたりするし、何かにつけて噛みついていたような人も丸くなっていく。

大学生の頃はみんなしきりに「社会に出たくない」と言っていた気がするし、卒業したら「あの頃に戻りたいなあ」なんてノスタルジーに浸ったりするのかな、などと想像したこともあるけれど、そんなことは一切なく、真面目に仕事や人生設計の話をしたりした。

私は彼らと出会ってからどう成長しただろうか。そういえば、髪型について「尖った髪型だね」以外は誰にも何も言及されなかったなと、家に着いてから気がつく。

「人生設計してる？」と先輩がみんなに問いかけた時、将来のことを考えていないわけではないものの本格的にはしていない私は何も言えなかった。でもとりあえず今は、もう少しこの髪型を続けてみようかと考えている。

渋谷PARCOとオルガン坂

10

代々木八幡《はちまん》での用事ついでにリニューアルしたての渋谷パルコに立ち寄ろうと思い、井《い》の頭《かしら》通りから東急ハンズ前のオルガン坂に差し掛かった途端に足取りが重くなったのは、上り坂のせいではなかった。

あれは二〇一四年の秋。東京に来て半年が経ち、繁華街で知らない人に絡まれることにも慣れてきた頃だった。そういえばあの日も渋谷パルコに行った帰りで、オルガン坂を下っていた時だ。向かいから歩いてきた二十代半ばくらいの男性グループの一人が、すれ違い様に私に向かって「愛してる！」と大声で叫んだ。無視してそのまま歩く私の背中に、「お前B専かよ！」とげらげら笑い合う声が確かに刺さった。

このエピソード自体は覚えていたものの、詳細な場所は今の今まで忘れていた。渋谷パルコとオルガン坂の景色が、眠っていた記憶を呼び起こしたのだ。そこから二〇一六年に改装工事に入るまでのあいだ、数回しか行ったことがなく特に思い入れがあるわけでもないため、悲しいかな私にとって渋谷パルコといえば「知らない人に容姿を揶揄された場所」というほど密接に結びついてしまっているのだろう。

リニューアルオープンから一ヶ月が過ぎた年末の新生渋谷パルコは、ほどよく賑わっている。店舗に人が少ないと店員さんの接客や視線が集中してしまって入りづらいので、少し混雑しているくらいが私には都合がいい。

一階のグッチとギャルソンガールを見てから二階に上がり、MM6の黒いプリーツスカートを見ていると、「それ、シンプルだけど動いた時のプリーツがすごく綺麗なんですよ」と試着を勧められてしまった。値札に記された数字は、私の家賃一ヶ月分よりも高い。声をかけられるのが苦手なのは、買えないのに見ていることを後ろめたく感じるからだろう。

冬だというのに上半身全体に汗がにじみ、逃げるように近くのドアから外に出た。各階にテラスのような屋外スペースがあり、一階まで降りずともすぐさま外の空気を吸える設計は、こういう時や人混みに疲れた時にも助かる。

エントランスを見下ろすと、オルガン坂を行き交う人々が見えた。

あの時のように、露骨に容姿を値踏みされることは珍しくない。


直近で思い出すのは一年前、あるイベントの打ち上げでのこと。その場にいた初対面の男性が唐突に、「絶対に終電を逃さない女がいるって彼女にLINEしたら『可愛い？』って聞かれたから、写真送ったら『可愛いやんけクソ』って返ってきましたよ」とスマホの画面を見せてきた。

「誰がいるの？」「絶対に終電を逃さない女とか」「マジで」「有名？」「まあまあ有名。可愛い？」

主催者がいつのまにか打ち上げの様子を撮った写真に私が写っており、それを送ったらしかった。たわいない世間話のような調子で彼は屈託なく笑っていたが、「ネットでちょっと目立っている女を可愛いか可愛くないか判定してやろう」という凡庸で陰湿な目線に私が気づかないとでも思ったのだろうか。もしそこで「可愛くない」判定が出ていたら、私には報告せず陰で楽しんでいたに違いない。

他にも初対面の男性から面と向かって「後ろ姿は美人だね」と笑われたこともあるし、友人の紹介で出会った男性の第一声が「普通に綺麗」だったこともある。

常に審査員側に立てると思い込んでいる輩が突如開催する美人コンテストに、しばしば強制的に出場させられるのである。

私は自分の顔を美しいとも好きだとも思っていないが、別にそれで構わない。他人に美しいと思われる必要もない。頭ではそう考えていても、ネガティブな評価を下されたらそれなりに傷つき、ポジティブな評価であればどこか安心してしまう自分もいる。他人と容姿の美醜を競わされるコンテストからも、自分の外見を美しいと思えるまでクリアできないゲームからも、早く降りたいと願いながら、完全には降りられていないのだ。

だが、もしファッションが好きじゃなかったら、私は他人による容姿のジャッジにもっと振り回されて生きていたかもしれない、とも思う。

物心ついた頃からなぜか、身につける服へのこだわりが強かった。小学生の頃によく行った地元のショッピングセンターでは、子供服と婦人服を売っているすべての店舗をくまなく見て回っても欲しいと思える服は滅多に見つからず、母は「服が欲しいって言うくせにいつも何も選ばない」と呆れていた。

私が求めていたのは一目見た瞬間に恋のようにときめかせてくれる服で、運良くそんな服に出会えた日にはドキドキして夜も眠れないほどだった。理想が高過ぎるのかもしれない、このままでは着る服がなくなるのではと真剣に悩んだこともあったが、私は間違っていなかったのだと今ならわかる。

誰かが可愛いと言ったからではなく、誰かに可愛いと言われるためでもなく、ただ己の感性で「可愛い」と思う服を着る。もちろん感性や好みだって様々なものから影響を受けた結果だから、究極的には本当に可愛いと思っているかなんてわからないのかもしれないが、それでも自らの心の声にできるだけ耳を傾けることだ。服は自分の一部であり、好きな服を着ることは、自分にとって好きな自分になることでもあるのではないか。それが結果的に、他人の物差しに左右されない、揺るぎない自信へと繋がるのかもしれない。

ファッションに興味がなかったら、服なんてただの身だしなみの一環に過ぎなかっただろう。人に好かれやすいように、敵を作らないように、目立たないように。現代の日本で一般的に可愛い、美しいとされる顔立ちの基準からはかけ離れていて容姿を褒められることも少ない私が、そんなふうに服を選んでいたら、コンプレックスをこじらせていた気がする。

なんだかんだ自分の容姿を嫌いにならず、そこまで執着せずにいられるのは、ファッションのおかげでもあるのだと思う。少なくとも、好きな服を纏《まと》って鏡の前に立ち、それが似合っている時の自分だけは、心から好きだと思えるのだ。私の愛すべき服たちは、他人の眼差しから私を護ってくれる鎧《よろい》でもあるのかもしれない。

そのあとも各階一通り見て回ったが、何も買わずに帰った。お金に余裕があっても多分同じだったと思う。恋のようにときめかせてくれる服は、今でもそう簡単に見つかるものではない。だからこそ巡り合えた時の喜びは大きく、長く愛せるのだ。

きっとこの先、渋谷パルコで運命の一着に出会うこともあるだろう。そしてその服がいつか、私にとっての渋谷パルコを「お気に入りの服を買った思い入れのある場所」に上書きしてくれるはずだ。

新宿伊勢丹の化粧品フロア

11

小学生の頃、好きな色を聞かれたら「水色」と嘘をついていた。通っていた小学校の女子のあいだで、水色を好むのがイケているという風潮があったからだ。ピンクが好きな女子はぶりっ子と見なされ、一般的に男の子の色とされている黒や寒色系を好むことがカウンターとして機能し、でもその中では中性的でやわらかいイメージがあって男の子っぽすぎない水色がちょうどいい、とは誰も言わなかったものの、今振り返ればそんな認識がぼんやりと共有されていたように思う。持ち物や着る服の色についてはそこまで問われなかったものの、当時女子のあいだで流行っていた「プロフィール帳」の「好きな色」の欄には、クラスの女子全員が「水色」と書くほどの同調圧力があった。

私は水色も嫌いではなかったけれど、本当はオレンジが一番好きだったし、ピンクも好きだった。みんなに嫌われたくない一心で、私も水色が好きなのだと、半ば自分自身をも騙していたのだった。

新宿伊勢丹一階の化粧品フロア。ADDICTION《アディクション》の新作ネイルをタッチアップして思い出したのは、そんな幼い頃のことだった。

レッド、ピンク、イエロー、パープル、オレンジ、ブルー。戦隊モノみたいな春の限定六色は、ボトルに入っている状態ではかなりビビッドに見えるのだが、塗ってみると自爪が少し透けるシアーな発色が可愛い。なかでも特に惹かれたのは、サニーマリーゴールドと名付けられたオレンジだった。その名の通り太陽の下に咲くマリーゴールドさながらの鮮やかなオレンジ色で、今にも果汁が滴り落ちそうな南国のフルーツをも思わせる瑞々しさに心を奪われてしまった。

少し前までの自分なら、簡単に諦めていたところだと思う。しかもサニーマリーゴールドなどという名前ならなおさらだ。もしも人間が花ならば、私は絶対に日陰に咲く花なのだから。

好きな色にまつわる同調圧力がなくなった中学以降は、別の理由でオレンジを避けるようになっていた。その頃には特段オレンジが好きというわけでもなかったのだが、友達が少なく陰気な自分が陽気なイメージを持つオレンジ色のものを身につけるのは、〝キャラに合わない〟と思ったからだ。普通の田舎の中高生が色を自由に選べるものなんて文房具と靴と靴下くらいだったが、オレンジのものを選ぶことは一度もなかった。

高校を卒業して制服から解放されると同時に、誰一人知り合いのいない東京の大学に進学したことでそんな自意識からも解放された私は、タガが外れたようにひたすら気に入った服を買い、ひたすら自由に着ていた。経済的な制限こそあれ、似合うかどうかなどという視点すら持ち合わせていなかったため、全身黒の日もあれば全身パステルカラーの日もあった。オレンジの服も堂々と着ていた。

どうやら似合うものと似合わないものがあるということに気がつき始めたのは、半年ほど経った頃だった。幸い好きなものと似合うものはだいたい重なっていたが、オレンジはどうにも似合わないという結論に至った。今度はキャラ云々ではなく、ただ単に自分の容姿に似合わないと思ったのだ。

どんなに好きでも愛してくれない人とは一緒にいないほうがいいのと同じように、どんなに気に入っても似合わない服は要らない。そんな持論を唱え、手持ちのオレンジ系の服をメルカリに出品した。原宿の古着屋で一目惚れして買ったモスキーノのワンピースを手放す決意には、さすがに時間がかかったけれど。

そこから、似合うことに対するこだわりは加速していった。

ネイルならボルドーやネイビーだと決まっていた時期もあれば、黒い服ばかり着ていた時期、前髪は目にかからないギリギリの長さで一糸乱れず真っすぐ揃っていなければ気が済まなかった時期、濃い赤のマットリップしか塗らない時期もあった。自分で似合っていると思えるものは人に褒めてもらえることも多く、そのおかげで装うことがより楽しくなり、自らの容姿を以前より肯定できるようになった部分もある。

しかしどうしてもパターンが限られてくるので、さすがに二、三年も経つとだんだん飽きて、窮屈に感じるようになった。変化を求めて徐々にこだわりは薄れたものの、それでもオレンジだけは避け続けていたある日。宿敵・オレンジと和解するきっかけとなったのもアディクションだった。

数年前、当時の恋人がプレゼントしてくれた十色のリップパレット。それも新宿伊勢丹の、私ですら緊張するデパコス売り場に一人で初めて乗り込み、右も左もわからず圧倒されてすぐに引き返してしまい、後日再び買いに行ったという。

開けた瞬間、目に付いたのはその中のLe Meprisという、サニーマリーゴールドと比べると少し朱色寄りのオレンジ色だった。「いろんな色を使えたほうが楽しいだろうから」と彼は言ったが、いろんな色を楽しめるかどうかは人によるんだよと内心思いながら、その色だけは一度も使わないまま月日が流れた。

とはいえ他に使い道もないので、ある日何の気なしに塗ってみると、これが案外しっくり来たのだった。黄色や茶色などの同系色で揃えるのも良いけど、青や緑の服に合わせるのもオシャレな気がする。すぐにそんな想像も膨らんだ。

自発的には選ばないようなものを勧めてもらえることは、プレゼントや、誰かと連れ立って買い物に行くことの醍醐味の一つなのかもしれない。

そして何より、新たな自分に出会えた気がして新鮮だった。私は「似合う」という基準にいつのまにか縛られ、決めつけていただけだったのだ。

私は今、東京に来たばかりの頃のように自由に装うことの楽しさを取り戻しつつある。見るからに違和感がある場合は勇気が出ないが、「似合わなくもない」と思える程度は許容範囲内だし、少なくともすぐに諦めてしまうことはもったいないと考えるようになった。似合わないと思っていたものが、いつのまにか似合うようになっていることもあるし、ただの思い込みだったりもする。上手く着こなせなかった服も合わせ方次第で印象が変わったりするので、処分しなくてよかったと思うことも最近多い。

かといって、似合うものを追求した時期も決して無駄ではなかった。それを経たからこそ、「それほど似合わない」ものも楽しめる自信と余裕が出てきた部分もあるからだ。

カウンターの丸い鏡に映る顔の前に、サニーマリーゴールドを塗った手をかざしてみる。メイクをしても自分の顔は鏡かカメラでしか見れないのに対して、ネイルはいつでも見れるところがいい。

ネットで買うのも結構だが、デパートのコスメ売り場の眩い照明を全身に浴びながら購入を決意するこの緊張感も、背筋が伸びるようで悪くない。

外に出て日の光を浴びると私の爪のマリーゴールドは、より一層可憐に咲いた。

頭の中でクローゼットを開けて、どう合わせようか想像しながら新宿の街を歩く。あの時メルカリに出して未だ売れ残っているモスキーノのワンピースも、今なら着こなせる気がする。

12 日暮里のドラッグストア

一人暮らしのシャンプーはなかなか減らない。髪が短いとなおさら減らない。コンディショナーはもっと減らない。ついでに言うと歯磨き粉が最も減らない。もはやいつ買ったのかも思い出せないシャンプーが残り僅かとなり、詰め替えを買おう買おうと思いつつ忘れ続けて一週間。いいかげん今日こそは買わなければならないのだが、自宅の最寄り駅に着く頃には、近所のドラッグストアは閉まっている。

仕方なく日暮里《にっぽり》駅前のドラッグストアに入り、ヘアケアコーナーに直進する。昔、中野駅前のドンキで聞こえてきた金髪ギャル二人組の「これヤバいよ！　ウチの髪でもサラサラになる！」「マジ？　なんで？」「わかんない！」という会話をきっかけに使い始めて以来愛用しているシャンプーを手に取る。

「僕、イケメンになりたいんです」

背後から聞こえてきた声に思わず振り返ると、文系大学生風の青年が、真っすぐな目でBA（ビューティーアドバイザー）さんに訴えていた。

東京に出て来たばかりで四月から大学生だという彼は、外見にコンプレックスがあって、とりあえずBBクリームだけでコンシーラーなどは慣れるまでは使わなくてもいいか、など緊張した様子ながらも赤裸々に相談している。

「えっと、ベースメイクだけでも合計七千円くらいかかりますよね？」と不安げに問う彼を見て、私も七千円くらいだったなあ、と初めて化粧品を買った日のことを思い出した。


彼と同じく大学入学を機に上京した三月。寮の近くにあった中野のドン・キホーテ。女はだいたい高校を卒業したらメイクをするものだという規範を何の疑問もなく受け入れていたくせに、メイクに関する知識はなきに等しく、そのうえ知識がないことすら気づいていない、恐ろしいほど無知蒙昧《もうまい》な十八歳だった私は、それまで見聞きしてきた断片的な情報だけを頼りにメイク道具一式を買い物カゴに放り込んでいた。

中学生の頃に読んだセブンティーンの専属モデルが愛用コスメとして紹介していたという記憶だけでメイベリンのマスカラ、いつかテレビで見た「眉毛は髪色よりも少し明るくすると垢抜ける」という情報だけでインテグレートのブラウンの眉マスカラ、母親が使っていたというだけでパルガントンのフェイスパウダーとヒロインメイクのアイライナー。あとは何も知らなかったので、なんとなくヴィセのアイシャドウ、ちふれのBBクリーム、コージーのビューラー、ケイトのリップ。その合計が七千円くらいだったこともよく覚えている。

今となっては信じられないのだが、自分の肌質や肌色、顔立ちなどをまったく考慮しておらず、テスターすら使わなかった。寮に帰っていざ施してみると、文字通り目を覆いたくなる仕上がりだったことは言うまでもない。

なぜそうなってしまったのか。子供の頃からメイクにはそれなりに興味があったし、綺麗になりたいといった欲望も人並みには持ってきたと思う。
だが高校までは校則で禁止されていただけでなく、容姿に自信がなかったので、自分がメイクなんてした日には「綺麗になりたいと思っている」「可愛くなるために頑張っている」などと嘲笑されるかもしれないと思うと、とても手を出せなかったのだ。

高校二年の夏、周りの同世代の女子がメイクをしているのを初めて見た時の衝撃は忘れない。休日のショッピングセンターで出くわした、同じ美術部の女子。お互いに気づいて目が合った瞬間の、白い肌によく映えたパステルピンクのアイシャドウ。部活の時と同じように何のためらいもなく私の名前を呼んだ、グロスで潤った唇。同級生が知らないところで大人になっているような、見てはいけないものを見てしまったような気がして目をそらした私を、彼女は少し不思議そうに見つめた。カールしたまつ毛で強調されたその真っすぐな視線からは何の恥じらいも感じられなくて、私は何周も遅れているのだと突きつけられたのだった。

「女子大生」になって「みんなしてるから」という大義名分を得たことでようやくメイクを始められた私とは対照的に、青年は、メイクをする男性がまだまだマイノリティであるこの社会で、堂々と行動している。しかもある程度下調べをしてからちゃんとカウンセリングを受けた上で検討している賢さといったら、私とは比べ物にならない。

ただ、彼がイケメンになりたがっている背景を私は知る由もないが、勝手に想像すると複雑な心境にはなる。もし彼が自身の容姿にとてつもないコンプレックスを抱えているのなら、そうさせる社会が悪いと私は思う。けれど、そんな世の中でなんとか生きていくための切実な手段がメイクなのだとしたら、今まで散々悩んで考えて勇気を振り絞って踏み出した一歩なのだとしたら、その選択を否定する気にはなれない。

もちろんメイクは必ずしもコンプレックスを克服する魔法ではない。どう頑張っても理想の顔にはなれなかったり、すっぴんとの落差に落ち込んだりして、余計にこじらせてしまうこともあるかもしれない。メイクの楽しさも煩わしさも生活の一部となり、人は時に残酷なほど見た目で態度を変えるということも知った今の私は、そんな心配もしてしまう。

じゃあとりあえずこれだけ使ってみます、と彼は迷った末にBBクリームだけを買うことにしたらしく、化粧水のサンプルと一緒に握りしめて、

「よし！　これでがんばろう！」

と独り言にしては大きな声で唱えてからレジに向かった。

そんな姿を前にすると、私の老婆心など瑣末なものに思えてくる。彼の素直で真面目な姿勢と行動力さえあれば、結果がどうなろうと、メイクへの挑戦は彼にとって必ず糧となるのではないだろうか。そのくらい、どんなことも乗り越えられそうな力強さを感じたのだった。

店を出て行く彼の背中に、初めてのメイクが上手くいくことを祈ったあと、私は最近気になっていたUZU《ウズ》のマスカラを手に取った。レジに向かいながら、心の中でつぶやいてみる。よし、これでがんばろう。

若松町の階上喫茶

13

雨の日が待ち遠しいのは初めてだった。今にしてみれば日常が奪われる前の最後の季節だった去年の秋、原宿のサンタモニカで買ったヒョウ柄のレインブーツ。いわゆる長靴といった感じの、膝下までのオーソドックスな形で、PVCの光沢とクリアのソールが可愛い。買ってから初めて降った雨は、大嫌いだった運動会当日の朝に降った雨の次に嬉しかった。

それからというもの、お気に入りのレインブーツを履くチャンスだと思えば、雨の日の外出もそれほど億劫《おっくう》ではなくなった。最近はタイトなミニスカートに合わせて、二〇〇〇年前後っぽいバランスで履くのが気に入っている。

こんなことならもっと早く雨用の靴を買えばよかった。足が濡れるストレスは自覚していた以上に深刻だったのだと、そのストレスから解放されて初めて気がついた私は少し後悔している。

幼い頃は、ちゃんと長靴を履いていた記憶がある。思えば子供の頃は、むしろ雨が好きだった。

中学一年の時などは、「なぜ晴れは『良い天気』、雨は『悪い天気』と言うのだろう。私は晴れよりも雨や曇りのほうが落ち着くから好きだ。だから私にとって雨は良い天気だ」という内容の作文を書いたくらいだ。思春期特有の逆張りも含まれていたことは否めないが、あの頃、家から一歩出るとどこにも居場所がなかった私は、太陽光を遮るものがない田舎の通学路を歩くと逃げ場がないような胸騒ぎを覚えたのは本当で、だから空が暗いほうが穏やかに過ごせたのだと思う。

土砂降りで靴下まで濡れるのは嫌いだったが、教室の窓から雨を眺めるのも、車のワイパーの音も、自分のスペースができる気がする傘も好きだった。

雨が嫌いになったのは、東京で暮らし始めてからだ。強めの雨が降る中を、自宅から徒歩十分の最寄り駅までスニーカーで歩けば、靴下まで濡れている。雨ってこんなに足が濡れるものだったっけ、と最初は馬鹿みたいに不思議がっていたが、よく考えてみれば地元では基本的に親が運転する車移動で学校も近かったので、単純に雨の中を十分以上も歩くことがなかっただけだった。さらに言うと車には傘が常備してあったから、折り畳み傘を持ち歩いたり急遽コンビニでビニール傘を買ったりする必要もなければ、買ったばかりのビニール傘を盗まれることもなかった。土日なら一歩も外に出なくてもご飯を食べられて、一日じゅう家に居られた。

東京の雨を嫌いになった時、私はいかに自分が環境に甘えていたかを思い知ったのだ。次第に、晴れていると気分が良く、曇りや雨だと気分が沈むといった一般的な感覚にも共感できるようになり、晴れを良い天気、雨を悪い天気と呼ぶことに対する抵抗感も忘れつつあった。

しかし今年の梅雨は、また雨を好きになれそうな気がしている。基本的に特定の時間に外に出なくていい上に室内でぬくぬくと仕事ができる今の生活が恵まれているというのもあるが、それだけではない。

梅雨に入ってから、無性に階上の窓から雨の降る街をただ眺めたいという欲求に駆られていた私は、以前バスの窓から見かけた喫茶店に目星をつけ、一日じゅう雨の降りそうな日を見計らってミニスカートとヒョウ柄のレインブーツを履いた。大江戸線若松河田《わかまつかわだ》駅から徒歩四分のドラッグストア「クリエイト」の右脇にひっそりとある階段を、ひっそりと登り、二階のドアを開けると、壁一面が窓ガラスになった、ホテルのラウンジのような喫茶店が現れる。

喫茶店のそれにありがちな文字や模様もなく、指紋や水垢ひとつない大きな窓ガラスを前にして私は、「カフェテラス小島屋」という店名の意味を理解した。外の景色を遮るものが一切ないおかげで、完全屋内ながらテラス気分を味わえるのだ。

迷わず選んだ窓際のテーブルから、「若松町」の交差点を見下ろした。早稲田から続く夏目坂通りと大久保通りがぶつかるこのあたりは、主にマンションが立ち並び、そのあいだにぽつぽつと飲食店や薬局が見える。新宿区のど真ん中にしてはそれほど都会的ではないこの風景こそが、私の求めていたものだ。窓から街を見下ろせる喫茶店なら他にもいくつか浮かんだが、繁華街のそれは何だか違う気がしたのだ。

レジ袋やエコバッグを下げた買い物帰りの人。犬の散歩をしている人。チャイルドシート付きの自転車を漕ぐ人。長靴を履いて下校する小学生。公園で遊ぶ家族。マンションの部屋の窓から漏れる明かり。喫茶店の常連客のたわいない会話。人々がただそこで暮らしている風景を眺めると落ち着くのは、なぜだろう。

注文した「ホットケーキセット」がテーブルに置かれる。厚めの二枚重ねにバターとメープルシロップだけのシンプルな、「パンケーキ」ではなく「ホットケーキ」。それから紅茶とミルク。ホテルのラウンジ風と書いたが、メニューはいたって普通の喫茶店である。

客の少ない店内はほどよく静かで、雨の音と、ラジオから流れる米津玄師と、隣のマダムたちの雑談と、ティーカップやスプーンがぶつかる音が入り交じっている。

ホットケーキを口に運ぶと、雨に洗い流されるように自分の中から何かが浄化されていくのを感じた。そうか、これが私の生活に必要なことだったのか。直感的にそう思った。

喫茶店でゆっくり過ごすことが私の趣味でありストレス発散法の一つなのだが、もう何ヶ月も行けていなかった。二〇二〇年に入って新型コロナウイルスが蔓延し始めてから緊急事態宣言が解除されるまで、基本的に「不要不急の外出を自粛」していたのだ。現実との距離が摑めないような、どこか宙に浮いたような日々。だから余計に、人々が生活を営んでいる風景に癒しを見出してしまうのかもしれない。

もともとインドア派なのでそれほど苦にならないと思い込んでいたが、知らず知らずのうちに疲れていたのだろう。レインブーツにしても喫茶店にしても、私は自らのストレスを自覚することが苦手である。そうして気づかぬうちに心身が蝕《むしば》まれていくと思うと心底恐ろしい。ストレスの原因を排除できればいいが、現実はそう単純ではないし、そもそも何がストレスなのかもわからない。もはや生きているだけでストレスである。

だから私は、ストレスを避けることよりも、発散することに重きを置いている。もちろんその方法は人それぞれだが、私の場合は可愛いレインブーツや静かな喫茶店の美味しいホットケーキだったりする。それらは一般的にはなくても生きていけるものであろうと、私にとっては、ないと生きていけないものだと言っても過言ではない。

昔、大学のサークルの先輩が「葛西《かさい》臨海水族園に一人で行ってイヤホンでザ・スミス聴きながら回るのめっちゃ良いよ」と熱弁していたことがあるが、この雨の降るガラス張りの喫茶店とどこか似た情緒があったのかもしれない、とふと思う。

自分が何を好きか、何を楽しいと感じるか、何をすればリラックスできるのか。そういったものを見つけるのは意外と難しい。わかってはいても、その時間を確保することを疎《おろそ》かにしてしまうこともある。単調で多忙な日々の中で見失うこともある。そしてそれは、自分を見失っていくことでもあるのかもしれない。

そんなことを考えているうちに閉店時間が迫っていたようで、客は私一人になり、雨の音とひんやりした空気が店内を満たした。

私は窓についた雨粒を見ながら、このまま梅雨が明けなければいいのに、とさえ思ったが、それでは困る人もいるから良くない。でも、雨の楽しみ方を見つけた自分が、少し大人になった気もした。

渋谷スクランブル交差点

14

"Excuse me, where did you buy that T-shirt?"

渋谷のスクランブル交差点で信号を待っていたところに、外国人男性が話しかけてきた。オシャレな人がよく言う、「珍しい服を着ていると街で知らない人に〝それどこのですか?〟と聞かれる」というやつが、ついに私にも来たか。まさか上京したての頃に買った古着の二〇〇〇円のTシャツで発生するとは思ってもみなかったが、もしもシティガールすごろくなるものがあったらこれで一気に三マスは進めるだろう。

買った店かブランドかどちらを答えるか迷いつつ、〝MODE-OFF in Koenji〟と返すと彼の反応が鈍かったので、LUKER by NEIGHBORHOODのプリントロゴを指差した。ロゴの上には兵隊のような男性の絵がプリントされていて、買った当時は何も知らず——正直なところ今もデザインの意図などは知らないが、飽きの来ないデザインなのは確かである。

“Japanese brand?”

“Yes.”

「すごくクールだね！」

喜びも束の間、急に日本語になったかと思うと一気に雲行きが怪しくなってきた。Tシャツの話は早々に切り上げられ、「日本人？」「学生？」「渋谷よく来る？」「どこに住んでるの？」「ＬＩＮＥやってる？」とファッションのファの字もない質問攻め。

これはもしや、服を糸口にしただけのナンパではないか。そんな疑念に満ちた目で彼を観察してみれば、中肉中背の体型に、ジャストサイズのボーダーＴシャツと黒のスキニーパンツ、足元はスニーカーという、平凡かつ見るからに着古した安価なアイテムで頭から爪先まで揃えられている。見た目だけで判断するのは憚られるが、やはり髪型や佇まいも含めて、少なくとも街ゆく人が着ている服の詳細をわざわざ尋ねるほどファッションに興味がありそうには思えなかった。

連絡先の交換を断ると、彼はそそくさとハチ公方面へ去っていった。また同じ手を使って誰かに声をかけるのだろうか。

最近、街で声をかけられる回数が明らかに増えた。ナンパを中心に、ホストクラブのキャッチからアメ横のケバブ屋の呼び込みに至るまで、とにかく男性に声をかけられる。

以前と変わったことといえば、髪が伸びたことくらいだろうか。ここ四年くらいはずっとショートボブからベリーショートのあいだを行き来していたのだが、このコロナ禍で人と会う機会が激減したため、もう半年近く切っていない。

そう考えてみると、私の髪の長さと街でナンパされる回数は見事に比例している。

ショートだった四年間でナンパされたのは記憶の限りたったの二回なのに対し、髪が伸びて顎を過ぎたあたりから、一人で夜の繁華街をちょっとでも歩けば必ずされるようになった。髪を派手な色に染めた途端に変な人に絡まれなくなった、という女性の声はよく聞くが、それと似たようなものだろうか。思い返せば、今と同じくらいかそれより長かった頃も、よくナンパされたものだった。

そのころ最も印象深いナンパをされたのも、渋谷だった。

二〇一四年の秋、公園通りのＨＵＭＡＸシネマ近くの横断歩道の信号を待っていると、

「かーのじょっ」

と背後から声をかけられた。『花より男子《だんご》』の花沢類《るい》が牧野つくしを呼ぶ時の、「まーき

のっ」と同じ動きと言い方だと説明すれば伝わるだろうか。しかしもちろん、首を傾げながら私の顔を覗き込んできたのは小栗旬ではなく、五十歳くらいの見知らぬおじさんだった。

ナンパは無視が基本方針の私も、さすがに噴き出さずにはいられなかった。

「遊びに行かない？　車あるよ！　何か食べる？　シースー行く？　シースー！」

その振る舞いが妙に板に付いていて、私の気を引くために奇をてらっているのではなく、彼にとってごく自然なやり方のように思えた。リアルタイムでバブル期の東京を経験した人なのだろうか。年齢の割には細身で、仕立ての良いスーツに身を包み、清潔感もあって、実際に一定の経済力と地位のありそうな風体ではあった。

「どこ行くの？　フォーエバー？」ここぞとばかりに畳み掛けるおじさんが指差した、今はなきＦｏｒｅｖｅｒ21渋谷店の夕焼けに染まった黄色いロゴを、今でも懐かしく思い出せる。もしかすると彼は、バブル期から二十年以上を竜宮城で過ごした、バブルの浦島太郎だったのかもしれない。

その頃の渋谷といえば、マークシティの岡本太郎の絵の前で、「すみません、なんか表現者の雰囲気ありますね」と話しかけてきた黒ずくめでロングヘアの芸術家風のおじさんも忘れられない。しばらく立ち話をしたあと、「連絡先聞こうかとも思ったんですけど、あなたとはまたどこかで会える気がするのでやめておきます」と去っていったので、おそらくナンパではなかったのだが。

さて、このようにナンパされた話をすると、自慢だと解釈されることが往々にしてある。ナンパなんて若い女なら誰でもされる、本物の美人はナンパされない、などといったマウンティングがおまけで付いてくることも多い。特にネットでは顕著だ。

自慢のつもりで話す人もいるにはいるのだろうが、都会で生きる少なくない女性にとってストリートナンパは日常茶飯事なのだから、どこで何を食べたとか、誰と何の話をしたとか、そんなありふれた出来事と同列のエピソードの一つだとしても何らおかしくないだろう。にもかかわらず、例えばナンパがウザい、怖かった、といったネガティブな言及ですら、しばしば「自虐風自慢」だと言われてしまう世の中である。

ただ不快に思っただけの話であれ、ただの日常の一部の話であれ、自慢だと捉えられたりするから言えないし、言わない。そこに息苦しさを感じたことのある人は、私だけではあるまい。

そもそも自慢でもいいじゃないか、とも思うがそれはさておき、なぜ自慢だと決めつけるのか。それは、恋愛・性的対象として異性に求められ、選ばれることが人の価値を大きく左右するという前提に立っているからではないか。

そんなことはない、と今でこそ言えるが、白状すると私も、昔はナンパされると女としての最低ラインを満たしていることを確認できるような気がして、安心していた部分もあった。

だが今となっては、そんなインスタントな承認すら得られない。定期的にカットしたショートヘアのほうが断然似合っていて洗練されているはずなのに、伸ばしっぱなしの野暮ったい私に声をかけるような、もはや清々しいほどに単純なナンパ師の「最低ライン」を満たしたところで嬉しくもなければ自慢にもならないし、私の魅力を測る物差しにはなり得ないのだ。

かつては自慢だと言われると否定し切れない気がしてナンパエピソードの披露を控えていた時期もあったが、今はもう何を言われようが痛くも痒くもないので、これからは堂々と書いていきたい。

と言いつつ、先日また短く切ってみたところ案の定ナンパされなくなったので、これで最後になるのかもしれない。

私はやっぱりショートのほうが好きだし、久々に伸ばしてみてわかったが、首に髪がかかるのがとにかく暑いのだ。それに伸びれば伸びるほどナンパが増えている気がして怖くなってきたので、襟足を刈り上げて思いきり切ってやった。

でもせっかくなので、前髪だけはそのまま伸ばしている。もう少し伸びたら、ずっと憧れていた髪型であるターミネーター2のジョン・コナー（エドワード・ファーロング）風の、アシンメトリーのテクノカットにしてみたい。

そしてそんな髪型をしている私こそを好きになってくれる人と、巡り合いたいものである。

15

国立　白十字のスペシャルショートケーキ

大人だから、なんでもない日にショートケーキを食べられる。

中央線国立《くにたち》駅近くの老舗喫茶「白十字」のスペシャルショートケーキ、四四〇円。ベースは一般的なショートケーキだが、上に乗っているイチゴごと包み込むように流し込まれたイチゴのゼリーの層が、スペシャルたる所以《ゆえん》なのだろう。ベールのように薄くイチゴを覆うゼリーが照明を反射してキラキラと輝く様は、子供の頃に夢見た、宝石みたいなお菓子そのものだ。小さなフォークで鋭角を崩して口に運ぶと、爽やかな甘さが吹き抜ける。

それなのに私は、どこか罪の味を感じていた。拭い去れない罪悪感があった。ダイエットをしているからではない。舌は確かに美味しいと伝えているのに、こんなことにお金を使っていいの？　と私の中の悪魔がささやいてくるのだ。

ツイッターでいつも見ている国立在住の人がよく食べているスペシャルショートケーキ。イチゴの宝石がタイムラインに流れてくるたびに、国立に行く機会があったら絶対に食べようと思っていたというのに、せめて三四〇円の普通の「ショートケーキ」のほうが、私の身の丈には合っていたのだろうか。

でも四四〇円という金額だけを冷静に考えてみると、別に大した出費ではない。歯列矯正の器具を紛失して再作成にかかった四万円とか、自分は一滴もお酒を飲んでいないのに割り勘にされた上につまらなかった飲み会代五千円とかのほうが、遥かに無駄な出費である。四四〇円はケーキの相場としてもお手頃価格だし、ましてここでたった百円を節約したところでさして変わらないだろう。

たかが百円と言えど塵も積もれば山となるのももっともだが、こうして時々美味しいケーキやパフェを食べることは、私にとって精神衛生上の必要経費だと考えている。

本当は「こんなこと」ではない。決して無駄遣いではない。罪悪感を抱くようなことではない。これまではそうやって自分に言い聞かせることで、八百円くらいのパフェを食べても、お金の心配や将来の不安をなんとか追いやってきた。

単に金額だけの問題ではなく、典型的な日本人として、ショートケーキは誕生日かクリスマスくらいにしか食べられない特別なものなのだと刷り込まれているせいもあるだろう。大人はなんでもない日にショートケーキを食べられる、とうっかりハードルを上げてしまったせいで、ちょっと悲しくなっただけ。ただそれだけのことだ。

それにしても私は全然、思い描いていた大人になれていない。

二十五歳にもなれば、お金の心配をせず食べたい時に食べたいものを食べられると思っていた。憧れのブランドの服を年に数着くらいは買えると思っていた。もっと広い部屋に住めると思っていた。

それどころか子供の頃は、大人はいちいち悩んだりしない生き物だとすら思っていた。どんな大人も、毎日そつなく仕事や育児をこなし、些細なことには振り回されず、情緒が安定していて、概ね満ち足りた生活ないし人生を送っているように見え、当然自分もそうなれるのだとばかり思っていた。

一方の私ときたら何歳になっても悩みが絶えないどころか、むしろ増えてすらいる。歳をとることは怖くない、年齢なんてただの数字だ、などというのは人生が順風満帆な人の言葉なのだと理解したのは最近のことである。

けれど子供の頃に思い描いていた大人像なんて、幻想だったのだとも思う。

経済面のギャップに関しては社会の変化もあるにせよ、少なくとも精神面についてそう考えるようになったのは、最も身近な大人であった両親の、子供には見せなかった一面を知ってからだった。私が成人したあたりから、「親」と「子」という役割からそれぞれ少しずつ離れたのか、母が私の育児に苦労し深刻に悩んで保健所に相談していたことや、父が一時期仕事のストレスで体調不良に陥っていたことなどを話してくれるようになったことで、親である前にひとりの人間としての母と父の輪郭が、色濃く浮かび上がってきたのである。

私が子供時代に接していた大人といえば親や親戚、先生、友達の親くらいで、彼らは子供の前では「親」「先生」といった役割を演じていただけなのだろう。誰しも役割の前に皆同じひとりの人間であり、見えている部分がその人のすべてではない。子供には弱い部分を見せないようにしてくれていただけなのだ。

もちろん世の中にはもっと多様な人がいて、そういう大人ばかりではないことも今は知っている。大人になったらあらゆる苦悩から解放されるのだと思わせてくれた大人に囲まれて育った私は、恵まれていたのだろう。そのおかげで、私は未来に希望を持てたのだから。

もしも今の私が小学生時代の自分に会って、「今もつらいだろうけど、何歳になっても別のつらさがあるよ」と伝えたら、とにかく学校が大嫌いだった私は絶望するだろう。でも大人になった私は、なんとかそれを受け入れる力を持っている。

学校に行きたくない、というのも幼いなりに切実な叫びだったし、そこから解放された大学時代もまた別の困難があった。今はこの通り経済状況が主な悩みだが、もし気軽にいつでもショートケーキを食べられるようになったとしても、きっとまた新たな不満や葛藤が生まれることは目に見えている。

人生ってそんなもんなんだろうな。そう心の中でつぶやくと、私はほんの少し救われた気持ちになる。受け入れることと諦めることは往々にして似ているように思う。幻想にしがみつかず、自分の人生に期待しすぎず、そんなものなのだと受け入れた上で、最善を尽くしていくしかないのだと考えて生きていくほうが、ずっと楽なのだ。

窓の外を、色とりどりのマスクを着けてはしゃぐ下校中の小学生たちが通り過ぎていく。崩れかけたスペシャルショートケーキから、私はとっておいた最後のイチゴをすくった。

店を出て大学通りと呼ばれる並木道を歩いた。数多の映像作品のロケ地に使用されるのも納得の、美しく平和な風景だ。爽やかな風が吹き抜け、夏の青々とした木々を揺らす。歩道の端に小さな椅子を置いて絵を描いている年配の男性がいた。斜め後ろから覗き見ると、見事な水彩のバーミヤンが白いキャンバスに浮かび上がっていた。なぜバーミヤンなのか気になってあとで調べてみたところ、もうすぐ閉店するらしかった。

私は彼の背中に、途方もない人生を思った。あと何十年も続くと思うと気が遠くなるけれど、私もできれば書くことだけはやめたくないなと思った。

四谷三丁目のモスバーガー

16

どうして女なんかに生まれてしまったのだろう。

生理痛が酷い時、私は本気でそう思う。それから、生理の重い人を心から尊敬する。毎月こんな痛みを抱えながら生きているというだけで偉い。激痛のあまり嘔吐したり失神したりすることもあるようだし、生理痛のみならずその他あらゆる不調も併発していたら、と想像するだけでゾッとする。

私は今のところ生理が重いほうではないが、半年に一回くらいの頻度で、動けないくらいの生理痛に見舞われる。大抵はベッドの上でじっとうずくまり、もっと酷い時はのたうちまわり叫んでしまうくらいだが、二、三時間もすると治まり、嵐が去ったように冷静になって、もし私が男だったらそれはそれで、どうして男なんかに生まれてしまったのかと嘆いていそうだな、などと思い直したりする。

婦人科で検査をしても何の異常もなく、基本的に在宅での仕事をしているため、救急車を呼ぼうか迷うほどの生理痛でも日常・社会生活に支障をきたすことは少ない。しかし、運悪く外出時と重なってしまうと地獄を見る。渋谷のバーガーキングで三時間悶《もだ》えていたこともあるし、新宿ルミネをゾンビのように彷徨ったこともある。


今日も家を出る前から嫌な予感はしていた。こういう時に限って鎮痛薬を切らしているもので、近所のドラッグストアに寄ってから地下鉄に乗ったが、思ったより早いペースで痛みが増し、軽く吐き気も催してきた。

この、腹に時限爆弾を抱えているような気持ち。薬と一緒に水も買ってすぐに飲むべきだった。もう既に、導火線に火は点いている。

最悪の事態を避けるべく急遽四谷《よつや》三丁目駅で降りて、井戸から這い上がる貞子を思い浮かべながら地上に出た。駅前のコンビニで水を買い、新型コロナウイルス感染予防の観点から文字通り封鎖されて椅子やミニテーブルが積み上げられたバリ封みたいなイートインの、チェーンから僅かにはみ出たカウンターの隅で錠剤を流し込む。

人目を気にしている余裕などない。白昼堂々と下腹部を押さえ、老婆さながら腰を曲げて御苑《ぎょえん》方面へ歩く。その間にも痛みは増し、地面が近づいてくる。

ああ、今すぐこの手で子宮をもぎ取って目の前の新宿通りにぶん投げてしまいたい。べちゃっとアスファルトに叩きつけられて車に轢かれる自らの赤黒い臓器を見て、私はざまあみろと笑うだろう。

午後からの用事の前にカフェでランチをする予定だったのに、これでは食べられないどころか辿り着けそうにすらない。今すぐ座って休める場所を求めて街を睨みつける私は、さぞかし妖怪じみていただろう。


そうして通りかかったモスバーガーになんとか転がり込み、選んでいる余裕もなくモスバーガー単品を注文した。とにかく早く、早く座りたい。頭がメニュー表に付きそうな勢いでうなだれて小銭を数えていると、

「大丈夫ですか？　お持ちしましょうか？」

店員さんに気遣われてしまった。遠慮する気力すらない私は力なく、お願いします、と答え、トレーと水をテーブルまで運んでもらった。

それだけでも十分助かるのだが、テーブルに突っ伏して呼び鈴が鳴るのを待っていると、モスバーガーが運ばれてきた。先の店員さんの判断で、鳴らさずに持ってきてくれたよう

だった。

「ありがとうございます」

声を絞り出すと、涙も絞り出されてきた。痛い、ありがたい、痛い、嬉しい。これではまるで初めて人間の優しさに触れた化け物みたいじゃないか。紙ナプキンで目頭を押さえ、モスバーガーを口に詰め込む。

それにしてもこのご時世、体調が悪そうな人間は怖いだろうに、と自分のバッグにふと目をやると、無造作に投げ入れた鎮痛薬の箱が丸見えだった。しかも六十二錠の大容量サイズ。もしかしたら財布を出す時に見えて察してくれたのかもしれない。

しばらくすると薬が効いてきたのか、単にピークを過ぎただけなのか、痛みが鎮まってきた。平静を取り戻した私は、とにかくこのことを書き留めなければならない、という漠然とした使命感に駆られてその場でノートパソコンを開いたのだった。

困っている時に人に助けられた経験は、いつも忘れ難いものになる。

大学三年の頃、中目黒駅前のサイゼリヤでのこと。バイト終わりにハンバーグを食べていた私は、手元が狂ってナイフを落とし、お気に入りのワンピースを汚してしまった。大慌てで拭いていたその時、

「よかったら使いますか？」

ぱっと顔を上げると、隣のテーブルの人が紙おしぼりを二つ持って立っていた。なんと、私のためにわざわざ取って来てくれたのだ。私はいたく感激し、「ありがとうございます！」を三回も繰り返した。

中学時代の本屋での職場体験では、「いらっしゃいませ」と「ありがとうございました」の声が小さいと何度も練習させられ最終的には見放された私だが、この時なら一発合格だったに違いない。普段は知らない人に対して咄嗟に大きな声を出せないのに、「言わなければならない」ではなく、心から「言いたい」と思えば、自ずと出るのだと知った。

そしてこの恩を忘れまいと、その紙おしぼりのひとつを開封せずに持ち帰り、文章にも残したのだった。

その紙おしぼりは今でも大事に取ってあるのだが、この話を友人にしたら「ただのサイゼリヤの紙おしぼりを？」と爆笑されたことがある。また別の友人は、「そういう時に感激するのわかる」と共感しつつ「でも多分、本人にとっては大したことじゃないんだよね」と付け加えた。

そう言われてみると、大したことではない気もしてくる。このモスバーガーだって、店内はさほど混んでおらず人手が足りないようにも見えないし、私が座っているのはレジに近いテーブルだから、一回くらい店員が運ぶことはそれほどコストにはならないはずだ。ひょっとするとこれを読む人も、泣くほどのことなのか？　と不思議に思うのかもしれない。

しかし、追い詰められた余裕のない人間にとっては、誰かの些細な気遣いや親切が、大袈裟でなく救いになることもあるのだ。

大学時代に先輩から譲り受けた全身鏡を台車で運んでいて道で引っかかった時に、黙ってさっと持ち上げて数メートル運んでくれてお礼を言うと顔も上げずに颯爽と去っていったあの人のことも、ずっと覚えている。

人に優しくされると、自分も人に優しくしようと思える。だからやっぱり、人には優しくしないとなあ、と、心が洗われた私は道徳の授業みたいな気分になった。当たり前のことかもしれないが、これを誰もが当たり前だと思っていたのなら、こんな世の中にはなっていないはずなのだ。

用事の時間が迫ってもなお、私は感謝の気持ちを持て余していた。例の店員さんを注視しつつ考える。ただお礼を言うだけでなく、もっと何か、その人の役に立つようなことがしたい。

私は悩んだ末に、ネームプレートをさりげなく確認し、メモを取ってから店を出た。

私にはは何ができるだろう。その後も考え続けていた。モスバーガーの本社にお礼のメールを送ること。受けた恩を、また他の人に返していくこと。例えばそうした心がけもそのひとつだろうが、こうして文章にして第三者に伝えていくことも、私にできることなのではないか。

これを読んだ人が、少しでも誰かに優しくしようと思ってくれたら嬉しい。普段は誰かを救いたいとか社会の役に立ちたいなどと思って書くことはないが、たまには人のためを想って書いてみるのも良いものだ。

そう考えると、あのとき私が漠然と感じた使命とは、こういうことだったのかもしれない。

17 高円寺　純情商店街

雪が降るたびに思い出す恋がある。

と書いてみるものの、あの日降っていた物質を雪と呼んでいいのか、あの時の気持ちを恋と呼んでいいのか、未だに少し迷っている。

彼と出会ったのは十九歳の冬だった。当時の私はツイッター上で同じ大学の知らない人たちと交流することが多く、その日は学食で何人かとオフ会をしていた。

そこへ颯爽と現れた、フリッパーズ・ギターなどの渋谷系を彷彿とさせる、ダッフルコートにベレー帽をかぶった青年。私たちがいるのを聞きつけて休み時間に寄ってみたという彼は、私と同じ一年で相互フォローではあったものの、あまりツイートをしないタイプで交流もほとんどなかったため、特に印象には残っていなかった。

彼は私の隣に座り、授業や音楽の話で一通り盛り上がったあと連絡先を聞いてきて、LINEを交換するなり授業があるからとそそくさと去っていった。

翌日さっそく彼からメッセージが届いて、そこから毎日やりとりをするようになった。

「東京で好きな街は？」

「一番好きなのは高円寺かな」

「高円寺かー。サブカルの好みそうな街だよね笑」

「よくサブカルって言われる笑」

「そうかな？　なんか終電ちゃんはあんまり既存のジャンルに当てはまる感じじゃない気がする。そういうところがかっこよくてずっとファンだったんだ。だから実際に会えて嬉しかったよ」「ルックスもクールだし、ファッションとかも大学ではあんまり見ない感じで、僕は好きだよ」

カテゴライズできないような特別な存在でありたいという凡庸な欲求を刺激されつつ、直球の口説き文句にかかれば、十代の頃の私なんてひとたまりもなかった。話せば話すほど、趣味も価値観も性格もびっくりするくらい似ていることがわかって、その同質性に安易に運命を見出していった。

アカウント名から不意に本名で呼ばれ、ある時ついに「せっかく仲良くなったし、今度暇なとき遊ばない？」と誘われた。大学の試験期間を挟み、初めて会ってから二ヶ月が経とうとしていた。快諾すると「やったー！」と返ってきて、そういうところもたまらなく可愛く思えたのだった。

当初は彼が提案してくれた吉祥寺に行く予定だったのだが、約束の日が近づくにつれてどうしようもなく億劫になってきてしまった。誰かと前もって会う約束をした時には乗り気だったはずなのにその日が迫ってくるとなぜだか嫌になるという、厄介極まりない傾向がその頃の私にはあったのだ。加えてまだ親しくない人と半日ほど行動を共にするなんて、友達のいない修学旅行の班行動と同等の苦痛だった。

今思えば正直に相談して代案を出すべきだったのだが、その時の私はギリギリまで悩んだ挙句、柄にもなくかわいこぶって「明日行きたくなくなっちゃった>_<」とだけ送って丸投げするのが精一杯だった。幸いにも彼は「実は僕もそうなんだよね笑　まあ、話したいってだけだから、わざわざ吉祥寺に行く必要はないかな」と言ってくれて、こんなところまで似ているのかと、私は密かに嬉しくなった。

相談の結果、お互い徒歩圏内だった高円寺で食事をすることになった。待ち合わせ場所は、純情商店街の入り口。まさに私の理想的なシチュエーションだった。

GOING STEADYの名曲「佳代」に、

「あなたを乗せて自転車こいだ　真夜中の純情商店街」という一節がある。

佳代はボーカル・峯田和伸の初めての彼女の名前で、その彼女が高円寺に住んでいたというのはファンのあいだでは有名な話だ。今やこうして毎回東京の固有名詞が出てくるエッセイの連載をしている私だが、「純情商店街」は上京前から知っていた数少ない東京の固有名詞の一つだった。

そして自分も東京の大学生になれば、真夜中の純情商店街で二人乗りするような恋愛ができるのだと、信じて疑っていなかったのだ。厳密には自転車の相乗りは違法なのでイメージに過ぎないとはいえ、彼もゴイステと銀杏ＢＯＹＺが好きだったのだから、もう完璧としか言いようがなかった。


その日の東京は朝から雪が降っていた。マフラーをいつもより少しだけ上まで巻き、傘で顔の上半分を隠して、純情商店街のアスファルトに次々と消えていく雪を見つめるしかなかったのは、寒さではなく緊張のせいだった。

「久しぶり」

彼の声がして、私はそっと傘を上げた。

あれ、こんな感じだったっけ。

紺のダッフルコートにベレー帽、緑のタータンチェックのマフラー。出会った日と同じ彼のはずなのに、何かが違った。ＬＩＮＥだけで盛り上がっているあいだに美化してしまっていたのだろうか。とにかく瞬時に冷めていく自分がいた。

でも、話せばまた印象が変わってくるかもしれない。そうであって欲しい。

私たちは傘と傘が触れるくらいの距離で商店街を歩き始めた。沈黙が流れ、何を話そうか考えていると、

「雨だね」

彼が静かに言った。耳を疑った。

「え、雪だよね？」

「雨だよ」

「いや雪でしょ」

譲れなかった。どう見ても雪と呼ぶべき白い粒が、初めて彼と並んで歩く靴のつま先で解けて染み込んで、痛かった。

「積もってなければ雨だよ」

「積もってなくても降ってれば雪でしょ」

「俺にとっては雨だよ」

「雪でしょ」

当たり障りのないはずの天気の話でこんなに険悪になることがあっていいのだろうか。

彼は諦めたのか黙り込み、私もそれ以上は何も言わないことにした。


通りかかった洋食屋に入ってからは、何事もなかったかのようにいつもの話題で盛り上がった。音楽の話、古着の話、大学の話、地元の話。そしてＬＩＮＥではしなかった恋愛の話に、彼が切り込む。

「恋人とかいないの？」

「いないよ」

「そういうの興味ないの？」

「あんまりないかも」

人並みに興味はあったはずなのに、そういうムードに不慣れでつい誤魔化してしまったが、後悔はしなかった。どれだけ話しても、間違いなく気は合うし共感は絶えないのだが、何というか、それだけだったのだ。それはごく直感的なもので、彼が雪を雨だと言わなくても同じだったと思う。

店を出ると雪は雨に変わっていたが、お互いそこには触れようとしなかった。

「ありがとう。寂しさが紛れたよ。じゃあまた」そう言うと傘を広げて歩き出した彼の背中を見て、もう二度と会うことはないような気がした。


その後、お互い一度も連絡すらしないまま、彼のツイッターとＬＩＮＥのアカウントがいつのまにか消え、疎遠になった。あれから何年経っても、毎年雪を見ると彼のことを思い出す。そして今でも考える。

もし論争にならなかったら、その後の私たちの関係は違ったのだろうか。意固地にならないで適当に流したほうがよかったのではないか。子供じみた言い合いをするのではなく雨と雪の定義を改めて調べたりしてせめてもっと建設的な議論をすべきだったのではないか。誰が何と言おうと「俺にとっては雨」、そういう解釈もあっていいのではないか。

やがてまた雪の季節が来る。あの日降っていたのは、雪だったのだろうか。それとも雨だったのだろうか。ただ少なくとも、私にとっては雪だったのだ。

上野　TOHOシネマズと古城

18

シネコン系の作品を観に行く時は、あえて最寄りではない映画館に足を運ぶようにしている。電車で少し移動するだけでいろんな街に行けるのが東京の醍醐味の一つだと思っているから、知らない街に行く理由を常に探しているのだ。

さらに余韻に浸るために、もし作品の舞台となっている街や雰囲気の合いそうな街の映画館で上映していれば、なるべくそこに行く。作品のイメージに合う服を着て、少しばかり街を散策して、帰りに近くの喫茶店などに寄るのもささやかな楽しみである。

脚本の坂元裕二と主演の菅田将暉が好きなのと、主人公の二人と同じく二〇一〇年代後半の東京で大学生から社会人になる二十代前半を過ごしたという共通点に縁を感じ、『花束みたいな恋をした』を観るのに選んだのは、上野のＴＯＨＯシネマズだった。予告編の雰囲気から最も主人公が行きそうな街だとなんとなく予想しただけだったが、二人の初デート先が国立科学博物館のミイラ展――つまり上野だったのは、私が彼らと同じ〝映画の半券を栞にするタイプ〟だからだろうか。

主人公の山音《やまね》麦《むぎ》と八谷《はちや》絹《きぬ》が明大前駅で終電を逃したことをきっかけに出会い、〝好きな音楽や映画が嘘みたいに一緒で、あっという間に恋に落ちた〟二〇一五年。

大学二年だった私はというと、ある授業で同じグループになった先輩が気になっていた。ミツメのＴシャツを着てバンドをやっていた彼は、授業が終わるといつも喫煙所で煙草を吸っていて、煙を吐くその横顔には、ロバート・デ・ニーロと同じ位置にホクロがあった。

共通の趣味さえあれば近づけると思い込んでいた上に、着ているバンドＴシャツが会話のきっかけになることに憧れていた私は、ここぞとばかりにトリプルファイヤーやストーン・ローゼズなどのバンドＴシャツを着て授業に出席した。だが彼は私のＴシャツを一瞥《いちべつ》するのみで一向に言及してくる気配はなく、それどころか「はいはい、トリプルファイヤーね」という冷めた目線すら感じさせたのだった。

今思えば、きっと彼は趣味の似た人に慣れていたのだろうし、十分理解していたのだろう。趣味が合うことは、趣味が合うというだけでそれ以上でもそれ以下でもないのだと。

私がそのことに気づくには、もう少し時間が必要だった。

地元の同級生とことごとく趣味が合わないせいで同好の士に飢えていた私は、人間関係においてカルチャーの趣味が合うことが最上位の価値と言わんばかりの勢いで、東京に来てから音楽や映画の話ができる友人を探し求めていた。そして出会った。何人にも出会った。私よりも遥かに幅広くて詳しい人たちにも出会った。どうやら私の趣味は思っていたほどマイノリティではなく、自分と〝好きな音楽や映画が嘘みたいに一緒〟な人は意外と存在するという事実のほうが、ずっと嘘みたいだった。

花束みたいな恋をした二人は、おそらくそれまで趣味の合う人と出会う機会に恵まれていなかったのではないかと思う。私も前回書いた高円寺の彼をはじめ、かつては好きなものや考えていることが似通っている人に出会うとまさしく麦と絹のように運命を感じて舞い上がったものだが、大学三年になる頃には大してときめかなくなっていた。

もちろん単に自分の中で希少価値が下がったこともあるが、それだけではない。人間関係において、趣味が合うことをそれほど重視しなくなったのだ。

確かに共通の趣味は会話のきっかけになるし、趣味趣向が近いということは価値観や性格も似ている確率が高いので、いくらかは相性の指標になりうるだろう。その一方で、趣味趣向は違えど不思議と波長の合う人もいるし、逆もまた然りである。

いくつもの出会いと別れを繰り返して学んだのは、普通の友達ならまだしも、恋人のような親密で長期的な関係を築くには、趣味が合うかどうかよりも大切なことが山ほどあるということだった。


恋愛関係における趣味が合う合わない問題といえば、もう一組思い出すカップルがいる。別れた麦と絹が偶然再会し、東京オリンピックが延期になった二〇二〇年の夏。

私は上野の純喫茶「古城《こじょう》」でパフェを食べていた。隣のテーブルでは初デートっぽい距離感の若い男女が、律儀にマスクを着けたまま下からストローを差し込み、アイスティーをすすりながら少し照れくさそうに笑い合っていた。ほう、これがコロナ時代の恋愛か、と思わず感心して聞き耳を立ててしまった。

「『君の名は。』って観ました?」

「観ましたけど、あんまりピンと来なくて」

何度も観たと言う男性が嬉々として解説するも、女性のほうは「へ〜」などと相槌を打つだけで、心配になるほど話が広がっていない。他に挙がるのも『シン・ゴジラ』など近年ヒットした邦画ばかりで、二人とも特別映画好きでもなさそうな上に最近観た作品も全然被っていないのになぜか映画の話を続け、盛り上がることなく三十分ほど経ったところで、ようやくお互いの家族の話に移ったようだった。

もしやこの二人、共通の趣味や話題が一つもないのではないか。こりゃあ次はないだろうなと思ったのも束の間、「夕飯ってどうします?」と、すんなり二軒目に行く流れになっていた。

そこでハッとした。ここまで趣味が合わないのは厳しいだろうと私は決めつけてしまったが、彼らは特に気にしていないのかもしれない。それに、一般的に人生のパートナー候補としては、趣味よりも双方の家族のほうが重要である。

恋愛において共通の趣味は必須なのだろうか。

彼らが私に残していった問いを、今、花束みたいな恋をした二人が再び投げかけてくる。趣味が違うほうが新しい発見や学びがあって楽しい、とか、趣味が合うと微妙な嗜好の違いで揉めるからむしろまったく合わないほうがいい、といった言説もよく聞く。それも一理あると思う。というか趣味なんかよりも、将来的に結婚や同居をしたい場合は、生活リズムや習慣、金銭感覚、家族観などが合うかどうかのほうがよほど重要であって、趣味の相違が問題になりがちなのは強いていうならインテリアくらいだろう……などと考えるようになった自分に、年齢を感じてもいる今日この頃。

しかし、最初の二年は趣味趣向や価値観の大部分が一致していたはずの麦と絹が、就職してから徐々に興味関心の対象が変化し、仕事観や人生観もすれ違っていったのを目の当たりにして、何が合うかよりも、何かが合わない時にどう対応するかに目を向けるべきなのではないかと思った。

例えば趣味が合わなくても、相手の趣味を否定したり、自分の趣味を押し付けたりしないこと。同じ坂元裕二脚本のドラマ『最高の離婚』や『カルテット』では、相手の好きな音楽や詩集に対し否定的な言動をしたことで致命的な亀裂が生じて別れるカップル・夫婦が描かれているが、あれはきっと、趣味が合わないからではなく、相手が大切にしているものを尊重できなかったからダメだったのだ。

最初はどんなに合いそうだと思っても他人である以上は合わない部分も必ず出てくるし、人は時とともに変化していくものである。最も大切なのは、好みや意見が食い違った時に、どれだけ相手を理解しようと努め、歩み寄れるかなのではないか。むしろ、最初から明らかに合わない部分があるほうがそういった点を冷静に見極められて良いのかもしれない、とすら思えてくる。

冷静にそんなことを考えながらも、終盤はマスクがびしょ濡れになるくらい泣いてしまった。前の前の列でイチャイチャしていたカップルが、エンディングの途中で誰よりも早くそそくさと出ていった。

趣味が合うからといって過剰に期待して盛り上がりすぎてはいけない。そう肝に銘じて私は、半券もとい感染対策のためにもぎられなかった全券を読みかけの文庫本に挟んでから席を立った。

19 御茶ノ水　神田川の桜

聖橋《ひじりばし》から秋葉原方面の神田川を見下ろすと、ちょうど中央線と丸ノ内線が交差して走り抜けていくところだった。都会の濁りきった川の水を直視すると気持ちも淀むので、目を細めて日光を反射した水面のきらめきだけをすくい取るように眺める。でもこれって、汚い部分を見ないようにして表面の綺麗なところだけを消費しているみたいだな、と、どこか後ろめたく思いながら。

そこから見える堤防の左側の道には、数本だけ植えられた桜が脇役みたいに咲いている。私はさだまさしの名曲「檸檬《れもん》」で聖橋から放り投げられる喰べかけの檸檬を想像したあと、この御茶ノ水の景色を初めて見た日のことを思い返した。

大学一年を終えた春休みにバイトをしていた会社に行く時だったから、その時もちょうど桜が咲いていたはずだが、まるで記憶にない。あの頃は桜なんか気にも留めていなかったからだろうか。いや、幼い頃から学校に馴染めなかった私にとって、新学期を迎える憂鬱な気分と固く結びついていた桜は、無意識に目を背けたくなるものだったのかもしれない。

そんな言わば桜の呪いが解けたのはその翌年、東京に来て三度目の春のことである。先の御茶ノ水駅近くの会社をクビになり、中目黒のベンチャー企業でライターのバイトを始めて一年が経とうとしていたある日の夜。高架下の再開発が進められていた中目黒駅周辺をぶらぶらしていたところ、なぜだかいつもより人通りが多いことに気がついた。人々が行くほうへ流されるように進んでいくと、そこは目黒川の桜並木だった。

ライトアップにより幻想的に浮かび上がった夜桜と、缶ビールやスマホを片手にだらだらと歩く人々。「ここで立ち止まらないでください！　桜は他にもありますから！」と叫ぶ警備員。無数のぼんぼりに書かれた「目黒川桜まつり」の筆文字。

それまで東京で花見に行くこともなかった私は、この辺りの目黒川の桜が都内有数の人気スポットだということすら、まったく知らなかったのだ。

人混みに混ざって見上げてみると、夜空一面を桜の花が埋め尽くすような密度の高さと、大きな花びら一枚一枚の存在感に圧倒された。そんなふうに桜をまじまじと見ること自体、初めてだった。そこから夢中になって、首が痛くなるくらい桜を見上げながら三十分は歩き続けた。帰ってからもしばらく余韻に浸っていたほどだった。

集団生活を強いられない大学生活を送る中で新学期の不安が薄れつつあったことも手伝って、この日を境に、桜を見ると素直に綺麗だと思えるようになったのだった。

この時はスマホで数枚写真を撮っただけだったのだが、ちゃんとしたカメラで撮影してみたいと思い、翌年は一眼レフカメラを持って目黒川に行った。

ところが、良い写真を撮ろうとするあまりカメラばかりに集中してしまい、桜を十分に味わえなかった気がした。しかも帰って写真を見返してみると、もちろん私の技術不足でもあるが、どれも実物とは歴然とした差があった。

記憶の中の去年の桜のほうが、遥かに美しい。

その事実を前にして私は、しばし呆然としてしまった。普段からあらゆる物の写真を撮ってSNSにアップしたりしているその行為によって、目の前のものを肉眼でしっかり見つめ、味わい、記憶に刻むことを、私は疎かにしているのではないか。

記録には残っても、記憶には残らない。その一眼レフは「感性を磨きなさい」と父から譲り受けたものだったのだが、写真を撮ることで磨かれる感性がある一方で、写真を撮りすぎることで鈍る感性もあるのかもしれないと思った。

今度こそ確実に目に焼きつけたくて、その次の年はカメラを持たずに花見に行った。スマホでもほとんど撮らなかった。私は愕然とした。それでもなお、初めて見た時の感動には届かなかったのだ。

なぜだろう。しばらく考えた結果、撮影に意識を取られて感動が薄れるというのもあるが、最も心を揺さぶるのは、予期せぬ美しさなのではないかと思い至った。綺麗な桜を見に行こうと日時や場所を事前に決めて、綺麗だと感じることを知りながら足を運ぶ。もちろん綺麗だとは思うが、心の準備ができてしまっていて意外性がないぶん感動は少ない。

何も期待していなかったからこそ、あの日の目黒川の桜は美しかった。

それは、つらい時に街でたまたま流れてきた曲に救われたとか、散歩中に見つけてふらっと入ったカフェがすごく美味しかったとか、道で偶然ぶつかった人と恋に落ちたとか、きっとそういう類のものだったのだ。

あれからどこの桜を見ても、やはりあの時の美しさには到底及ばない。今年の桜はすでに散り始めているが、私はもうわざわざ花見をする気にはなれなかった。予定を立てて行く時点で、超えられない壁があるのを知っているから。

しかしながら、偶発的であるほど感動が増すとすれば、この聖橋から見える地味な桜だって、タイミングによっては初めて見た目黒川の桜以上に美しいと感じることがあるのかもしれない。

桜の名所でもなんでもなくても、例えば民家の庭に咲く一本の梅の木でも、ベタなところで言えばアスファルトに咲くタンポポでも、時には人の心を動かしたり、大切な思い出になったりするはずだ。その時その花には、唯一無二の美しさが宿るのだろう。

せめてそういう瞬間を、見逃さないように生きていきたい。

東銀座の喫茶ＹＯＵと八王子

20

卵がふるえている。

楕円形の平たく白いお皿に薄く広げられたケチャップライスの上に乗った、なめらかで厚みのあるオムレツがふるえている。店員さんの手のひらから伝わる振動でふるえ、コトン、と木製のテーブルに置かれてからも二秒くらいは小刻みにふるえていた。

国立映画アーカイブの「１９８０年代日本映画——試行と新生」特集に行き、客層は五十代から六十代の男性が九割で若者は片手で数えられる程度という、日本映画の将来が心配になる比率の中で『の・ようなもの』（一九八一年）を観たあと、一駅歩いて来た東銀座の喫茶ＹＯＵ。

看板メニューであるオムライスは、子供の頃、ピクピクと動いている活き造りの海老やお好み焼きの上で踊る鰹節を初めて見た時の衝撃を、懐かしく思い出させてくれた。

ところでこの連載を毎回読んでくれている熱心な読者の方は、また喫茶店の話か、とそろそろ呆れる頃かもしれないが、お金がなく友達も少なくお酒も飲めない私の居場所といえば喫茶店くらいしかないのだから仕方がない。このご時世ならなおさらである。

行列のできる人気店である喫茶ＹＯＵは、一九七〇年に創業し、二〇一〇年に一度移転しているが、おそらくインテリアは引き継いでいるのだろう、ランプシェードや椅子などは創業当時の趣と歴史を感じさせる。

内装を観察していると、深い赤のベルベットのソファに置いたｉＰｈｏｎｅのロック画面に、「会いたいなあ」というメッセージが表示されたのが見えた。ツイッターを介して出会い、かれこれ七年の付き合いになる友人からだった。

何か口実を作ったりどこかに行こうと誘ったりするのではなく、ただ「会いたい」という気持ちだけを伝える直球なところが好きだ。会いたいと言って会うなんてまるで恋人のようだが、今まで彼女と直接会ったのは両手で数えられる程度ではないだろうか。ＳＮＳでのやりとりもそれほどどするわけではない。

そう考えると、彼女の祖父母の家に遊びに行ったあの夏と、譲ってもらった服が、いささか幻のように思えてくる。

中央線の八王子駅からバスでしばらく行ったところに、その家はあった。上京して一年半ものあいだ、せいぜい吉祥寺までしか行ったことのなかった私はその道中、バスを二回も乗り過ごしながら、「東京にも田舎はある」というのは本当なんだと新鮮に感じたのを覚えている。

最寄りのバス停まで迎えにきてくれた友人に連れられて門をくぐり、全貌が把握できないくらい広大な敷地と屋敷に呆気《あっけ》にとられながら玄関に入ると、おばあさまが笑顔で出迎えてくれた。歳の割にどころか、その辺の若者よりも姿勢が良く、高級そうな黒いブラウスとスカートに身を包んでいた。

友人に案内され、永遠に続くのではないかと思うほど長い長い廊下を歩いた。その途中、障子の開いたいくつかの部屋を覗くと、天井にはシャンデリア、壁には格調高い金色の額縁に入った絵画がいくつも飾られていて、基本的に洋風で揃えられたインテリアは、どれも古いけれど上質なものであることは一目瞭然だった。

こんな立派なお家だとはつゆも想定していなかった。団地育ちの私には衝撃で、「すごいお金持ちなんだね」という下品な感想が喉まで出かかったが、すごいね広いねと言いながら客間で先に来ていた友人らと合流した。

どういうきっかけであの日、女友達四人で集まることになったのかも、そこで何を話したのかも、今となってはさっぱり覚えていない。ただ私たちは白いレースが敷かれたテーブルを囲み、高級なコーヒーショップで出てきそうなティーカップで紅茶を飲んで、持ち寄ったレコードをかけたりして過ごした。思い出そうとするとそんな無音の映像だけが、少し霞がかった白昼夢のように浮かび上がってくる。私が持ってきたレコードはかつて自分の祖母の家から発掘して貰ってきたビートルズの「ペイパーバック・ライター」で、プレーヤーを持っていなかった私はそこで初めて聴いたのだった。

夜になるとおばあさまが近くのレストランにディナーに連れて行ってくれた。おばあさまは私たちを「みんなそれぞれの個性があって素敵ね」と褒めてくれて、「うちのお父さん、かっこいいでしょう」と心底嬉しそうにいつも持ち歩いているらしい白黒の写真をおもむろに取り出した。確かに昭和の銀幕スターさながらの男前であった。百人以上の従業員を抱える社長だったのよ、などと夫の自慢話を続ける彼女の笑顔には、結婚や家庭にまるで興味のなかった私ですら、素直に羨ましいと思える愛が溢れていた。

十九歳の夏休みのある一日。それは引き出しの奥に仕舞って時々取り出しては眺める宝物のような思い出となっている。

服を譲ってもらったのはその一年後だった。

ある日友人が「おばあちゃんの要らない服を整理してるんだけどかなり攻めてる」と写真をツイートしていた、水色の抽象画のような大胆な総柄の、オーバーサイズで肩パッドの付いた薄手のテーラードジャケット。

「欲しい」

半ば衝動的に送ったリプだったが、友人は快諾してくれて、巣鴨《すがも》のモンゴル料理店で食事がてら受け取った。クリーニングのタグが付いていて、状態もかなり良く、大事にされていたのがわかった。

私は何かと人から物を貰うのが好きで、自分の両親や祖父母のお下がりの服などもたくさん持っている。単純にレトロなものが好きだというのもあるけれど、袖を通すたびに身近な人を思い出してどこか温かい気持ちになれるからだ。

今のところおばあさまは健在だが、ともすると形見にもなるものである。一度会っただけの赤の他人である私が貰っていいのだろうかと、図々しい申し出だった気もしてきたが、あの日のことを思い出し、あんなにオシャレで素敵な人から受け継いだ服なのだから、責任を持って大切に着ていこうと決意したのだった。

それから四年が経った去年の夏、インスタのストーリーを見ていると、見覚えのある絨《じゅう》毯《たん》や椅子が目に飛び込んできた。画面を長押しして目を凝らすと、それらが置いてある部屋はあの家ではない。もしかしてと思いＤＭを送ったところ、あの八王子の家は区画整理を機に取り壊されることになり、友人が家具や絵画を引き取って一人暮らしの部屋で使っているという。

「変な部屋だよね」と彼女は笑ったけど、私はとても素敵だと思った。

現代的な普通のマンションの一室に昔の重厚で豪華絢爛《けんらん》な家具が点在しているのは、確かに統一感はないかもしれないけれど、それはそれで洒落ている気もするし、何より祖父母の思い出の品を受け継ごうという意思が感じられたからだ。

あの家がなくなってしまうことは非常に残念だが、インテリアの一部だけでも残っていくことはせめてもの救いである。

「コロナが落ち着いたら遊びに来てね」と言われたきり、一度も行けていないのが悲しい。あのジャケットは今でも愛用しているが、そういえばまだ彼女の前で着たことはない。今度会う時は着て行こう。

私は店を出て振り返り、you の筆記体をかたどった緑のネオン管を見ながら、良いものがちゃんと受け継がれていって欲しいと思った。映画も喫茶店も服も家具も。

下北沢の居酒屋と古着屋

21

小田急線下北沢駅の東口を出て、いつの間にやらリニューアルしたスーパーのオオゼキを過ぎると、ヴィレッジヴァンガードから銀杏ＢＯＹＺの「夢で逢えたら」が聴こえてきた。そこを過ぎてすぐの「劇」小劇場の角を曲がると、向かいのたこ焼き屋でもどういうわけか「夢で逢えたら」が流れている。

下北沢にはあまり縁のない東京生活を送ってきた。大学時代は中野に住んでいたので、古着の街、サブカルチャーの聖地などと呼ばれる街としては中野・高円寺界隈で事足りてしまったのと、中野から下北沢へのアクセスが微妙に悪いためだった。だからこの「あずま通り商店街」周辺の、劇場や小さな個人経営の古いお店がひしめき合っている感じとどこか仄暗《ほのぐら》い雰囲気が私は好きだということを知ったのは、割と最近のことである。

確かこの辺だったよな、と去年友人に誘われて行った居酒屋を探してみる。白い壁に瓦屋根が特徴の「にしんば」。料理が美味しくて下戸にも優しいお店だったのだが、看板が出ておらず、中は真っ暗で人の気配もない。外に貼り紙なども見当たらず、調べてみるとどうやら臨時休業しているらしかった。


二〇二〇年の初め、マスクを着けずに誰かと会ったのはあれが最後になった。

店に入ってテーブルに着くやいなや、先に来ていた友人が真っ先に言った。その視線の先には、私が着ているフリンジの付いた古着のウエスタンシャツ。「下北沢っぽいかなと思って」と返すと、友人は「確かに」と笑って、

「それすごいね」

「すごい、楽しませようとしてくれてるんだ」

と感心して言った。それほどインパクトがあるわけでもないただの日常会話の断片なのに事あるごとに思い出すような誰かの何気ない一言、というのは誰の心の中にもあると思うのだが、私にとってのその一つが、これである。

私にはそんな意図はなく、私は私が楽しむためにその日その服を着ただけだったからだ。

その時々の気分だけで決めることも多いが、その日の予定や会う人のイメージに合わせて服を選ぶのが好きなのだ。行く街や観に行く映画に合いそうなコーディネートを想像するだけで胸が躍る。誰かに会う時は、相手の好きそうな服や、相手の仕事などに関連した服を着ることもある。

それこそ少し前に、元・銀杏BOYZで現在は農家兼僧侶の中村明珍《みょうちん》さんのインタビューの仕事をさせていただいた時は、ニルヴァーナのTシャツを着て行った。バンドと仏教の両方に関連した、これ以上ないチョイスだと我ながら感心したが、その場にいた編集者さんやカメラマンさん含め、誰にも言及されることはなかった。

でもそれでいい。どの服をどう合わせるかを考える時間こそが至福なのであり、納得できる服を纏う喜びに人知れず浸っているだけの、自己満足に過ぎないからだ。

とはいえ、ぴったりのコーディネートが決まることはそうそうない。そもそも言うほど衣装持ちというわけでもないのに、コーディネートのテーマを決めたところで、実に曖昧なイメージしか持っていなかったり、天候やTPOなどの制限がかかったりで、大抵の場合は厳しいゲームになるからだ。実際、フリンジの付いたウエスタンシャツが下北沢っぽいかといえば、そうでもないだろう。しかし適度に難しいゲームのほうが楽しいように、限られた選択肢の中でそれっぽい物を選ぶのも、また一興なのだ。

コロナ以降はほとんど人に会えなくなってしまったが、近所に出かけるだけの誰にも会わない日でも、余裕があればオシャレをするようにしてきた。むしろ誰にも会わないからこそ、自由にファッションを楽しめる部分もある。TPOに配慮する必要も、ダサいと思われないか似合わないのではないかなどと人目を気にすることもない。人前で着る勇気のなかった派手な服を着てみるも良し。絶対合わないだろうなという組み合わせをあえてやってみるも良し。着てみたら案外良い、という発見は心に新鮮な風を吹かせてくれる。

「〇〇はファッション」などという、着飾ることはすべて虚飾であるかのような前提に立ったよくある表現を目にするたびに、ファッションをナメるなよ、と睨みつけてしまう。他人に見せるためだけではない装いを楽しんでいる人たちも、たくさんいるのだ。

服にこだわる人に対して、そんなの誰も見てない、他人はそんなに気にしてない、といった言葉もよく聞くが、私はそのたびに思う。いや、自分自身が見てるから。自分の気分が変わるから。

靴を買う際、合わせやすいからとつい黒系ばかりを選んでいたら、黒い靴ばかりになってしまってつまらない、という話をある友人にしたところ、「他人の靴を見てつまらないとか気にしてる人ってそんなにいなくない？」と聞かれ、いやごめん、自分にとってつまらないんだよ、と補足したこともある。

もちろん個人的な気分や好みは二の次で、たとえどんなにつまらなくともドレスコードに合わせなければならない場面もある。それが理不尽なルールでない限り、否定するわけでも抵抗があるわけでもない。

しかしそればかりだと息が詰まってしまう。私の心には、その時の気分や直感だけに従って着たい服を着たいように着ることでしか、満たされない部分があるような気がする。だからその時間だけは、死守しなければならない。


誰かのためではなく、自分のためにオシャレをする。そんな言葉を近年よく聞くが、他者か自分かという二元論的な響きには違和感を覚えずにはいられない。例えば恋人に可愛いと思われるため、モテるためにオシャレをするのは、そういった文脈では「他人のため」に分類されがちだが、結果的に自らの喜びや幸福に繋がるのであれば、自分のためでもあると言えるのではないか、という疑問がどうしても浮かんでしまう。逆に、自分だけのためだと思ってしたオシャレが誰かのためになることもあるし、自分のためにも誰かのためにもなっていることのほうがむしろ多い気がしてくる。

あの日の友人の言葉。ウエスタンシャツに袖を通した時点では、自分が楽しむことしか考えていなかったけれど、そんな私を見た人も楽しんでくれるなら、それはとても嬉しいことだと思った。誰にも見られなくても、好きな服を着ることは幸せだ。でも誰かに会って、もしその誰かのためになれたなら、幸せは倍増するのかもしれない。

そろそろ人に会う機会も増えてきそうだ。私は茶沢《ちゃざわ》通りを横切って、インスタで見てずっと気になっていた古着屋の扉を開けた。

22

代々木八幡のマンション

IKEAになったForever21跡地を横目に、マスクだらけの人混みを縫ってセンター街を抜け、閉業したアップリンクを過ぎた途端、渋谷駅前の喧騒が嘘のような静けさに包まれた。ごく狭い範囲内で街の雰囲気ががらりと変わる感じが東京っぽくて、騒がしい繁華街から閑静な住宅街へと場面転換みたいに切り替わるこの瞬間にいつも、私はいま東京で生きているんだと実感する。

エントランスに入って彼女の部屋番号を押してから、ガラスのドアに映った自分を確認する。古着屋で買ったディオールの襟の大きな赤いシャツには昨晩念入りにアイロンをかけたけれど、高校時代に弁当を入れていた保冷バッグはどうしようもなく色あせている。三年間、雨風と砂埃と紫外線に晒されながら、毎日のぼっち飯を共にした相棒。卒業以来ずっと仕舞いっぱなしだったけど、こんなふうに役に立つ日が来るとは。

実家からメロンが送られてきたのは一週間と少し前のことだった。一人では食べきれそうにないので、徒歩圏内に住んでいる友人にあげようと思いLINEを開くと、「メンバーがいません」「退出しました」の文字。ツイッターとインスタのアカウントもいつのまにか消えていて、連絡手段を絶たれてしまっていた。

こういうことは稀にある。SNSで繫がっているからと安心してはいけない。簡単に人と繫がれる分だけ簡単に切れる時代なのだ。本当に繫がっていたい人とは、ネットのない時代のように電話番号や住所を教え合うべきなのかもしれない。

何しろ冷凍しようにもうちのミニ冷蔵庫の冷凍コーナーは使い物にならないし、せっかくなのでメロンという口実がないと誘いづらい人に声をかけてみよう。そう思い立って連絡したのが、代々木八幡のこのマンションに住んでいる友人だ。

SNS上での交流はあるものの、もう二年は会っていない彼女に突然連絡するのは少し勇気が必要だったが、「楽しみすぎる！　こんな楽しみな予定が入るなんて！」と快諾してくれた。その返信を見た時、思わず泣きそうになるくらい嬉しかった。他の友人にも声をかけたのだが、そちらも予想以上に乗り気で積極的に話を進めてくれて、これまた泣くほど嬉しかった。

多くの人にとっては、些細なことかもしれない。そんな些細なことで喜ぶくらい、私は自ら誰かを遊びに誘うことが滅多にないのだ。

物心ついた頃から、友達に「今日遊ぼ」が言えない自意識過剰な子供だった。断られたら好かれていないのではないかと落ち込むし、断られなくても内心は嫌なのではないかと勘繰ってしまう。誘った以上は楽しませる責任が発生するような気がして、その自信がないから、もしそこまで乗り気じゃないならいっそ断って欲しいとすら思っている。

大人になってからは、スケジュール管理能力の低さも手伝ってますます苦手になった。今はちょっと忙しいからと、誰かと会う約束はつい後回しにしてしまい、気がつけば何ヶ月も経っている、ということがままある。

世間では「今度ご飯行こう」と言ったきり具体的な話を進めないのは社交辞令だと思われがちだが、私のそれは違う。私は本気で行きたいと思う人にしか言わない。ただ、スケジュール管理が下手なだけなのだ。「行けたら行く」も、私は本当に行けたら行くから、どうか信じて欲しい。

昨日、大きなメロンを赤子のように抱えながら、私はある言葉を思い出していた。数年前、エッセイストの生湯葉《なまゆば》シホさんとお会いした日のこと。当然ながら向こうから誘ってくれた新宿アルタ裏のビストロで、自分から人を誘うことができないという話をしたところ、生湯葉さんは言った。

「それは必要じゃないからだと思いますよ」

そうなんですかね、と、その時はあまりピンと来ていなかったのだが、その通りだったと今は思う。学生時代はクラスやサークルなどで定期的に友達と会う機会があったから、受身でもなんとかなっていただけなのだ。卒業してしまえば多くの場合、その都度連絡して日取りや場所を決めて待ち合わせをしなければならなくなる。その頃はまだ学生の延長でどうにかなっていたのが、月日が経つにつれて友達と会うことが減ってきていたところに、未曽有《みぞう》のパンデミックが追い討ちをかけ、このままだと友達が一人もいなくなるのではないかと焦り始めたのが最近だった。

誰からも誘われなくなれば、自ら誘わなければならない。人間、必要に迫られさえすれば、それまでできないと思っていたことも案外できたりするものなのかもしれない。所詮その程度の苦手意識だったのだと、過去の自分を叱りたくもなる。足の早いメロンのおかげもあって、多少無理してでも予定を空け、すぐさま友人に連絡を取り、たった数日後にはこうして図々しくも人の家の冷蔵庫にメロンを入れさせてもらっているのだから。

いったん荷物を置かせてもらってから、私たちは富ヶ谷《とみがや》の成城石井に行って惣菜とバジルを買い、チーズ専門店でモッツァレラチーズを買って戻った。

二人でキッチンに立って、GINZAに載っていた「キウイのカプレーゼ」を作るために買っておいてくれたらしいキウイを切り、チーズと交互に並べ、バジルを散らし、オリーブオイルと岩塩と黒胡椒をかけ、彼女の実家から送られてきたというトマトも同様にカプレーゼにして、惣菜のオムそばをお皿に移し、メロンを切った。それらを全部テーブルに並べ、グラスに白ワインと炭酸水を注ぎ、『ロシュフォールの恋人たち』のサントラのレコードをかけて、一通り写真を撮ってから乾杯をした。

まさか、メロンにこんなに助けられるとはなあ。

炭酸水の入ったグラスを傾けながら私はしみじみ思った。このメロンがなければ、会いたいと思いつつもきっかけが摑めないまま時が流れていただろう。それが思い切って誘ってみたらこんなに喜んでもらえるんだ、と思えたことで、確実に抵抗感は薄れつつある。

多分、同じように自ら誰かを誘うのが苦手な人たちは私の周りにもいるはずで、実はお互い仲良くなりたいと思っているのにお互い誘えない、といったことも起こっているかもしれない。そんな悲しい機会損失を避けるためにも一歩踏み出せるようになりたい。断られたらどうしよう、というネガティブ思考はそう簡単には治らなさそうだけど、きっと傷つく怖さを乗り越えた先に、そんなことを心配せずに済む関係が成り立つのだ。

友人の家を出て、再びセンター街を通ると、知らない男が「その赤いシャツ素敵だね。パーティーだったの?」と絡んできて、別に普段着だし、と心の中で吐き捨てたが、でもパーティーといえばパーティーだったのかもしれないと思った。

来年もメロンを送ってもらおう。いや、そんなものを口実にしなくとも誘える関係を築けるようになるべきか、などと考えながら終電に飛び乗った。

中野　東京の故郷

23

中野駅の北口を出て、サンモール商店街とその入口横の「おやき処　れふ亭」が見えた瞬間、故郷に帰ってきたような温かく愛おしい気持ちに包まれた。もはや地元よりも故郷のように思っていると言っても過言ではない。

なぜ中野を選んだのか、とよく聞かれたけれど、十八歳の私は東京の街ごとの特色などほとんど知らなかったので、中野がどんな街なのかもまったく知らなかったし、何も考えていなかった。たまたま私が大学に入る年に新設された学生寮の案内をたまたま見た親に勧められて渋々応募したら、十倍以上の倍率をくぐり抜けてたまたま当たった。それがたまたま中野にあったというだけだった。

渋々、というのはいつもクラスで浮いていた私のことだから寮でも同じことになるのではないかという懸念で、案の定、寮での共同生活は最悪だった。

　動物園のように共用の廊下に面したガラス張りのまる見えリビング。盗難が多発する共同キッチン。英語で行なわれる週一のレクリエーション。キッチンに行きたくなくて洗面台で野菜を洗って食べ、独房のように狭い個室の備え付けの冷蔵庫にもたれて毎日発狂しそうになっていた。寮の裏の誰もいないベンチで寝た夜もあった。寮生活に良い思い出などほとんどない。

　しかしそれでも恵まれていた。新築でセキュリティも万全、その割に格安の家賃。そして何より、中野に住めたことが、私の人生の中でも指折りの幸運だったと思うからだ。


　大学では上手くやれるのではないかという淡い期待も早々に打ち砕かれ、クラスにも馴染めなかったし、サークルに入ってみたものの次第に軋轢が生じ始めた。バイトも何をやっても続かなかった。

　そんな日々を、サンモールと中野ブロードウェイとその周辺を中心に何時間もあてもなくうろついてやり過ごした。「この人いつもこの辺ウロウロしてるな」という不思議な人が何人かいたが、今振り返ると私もそう思われていたのかもしれない。

歩けども歩けども変わり映えのしない景色が果てしなく続く田舎と違って、少し歩くだけでこんなにも変化に富んでいて面白いものが次々と見つかる街が新鮮だった。

闇市の名残だと知らずにそのアングラな雰囲気にたまらなく心惹かれた飲み屋街、その中に突如現れるワールド会館の妖しい衝撃。ブロードウェイのまんだらけやアンティークショップを覗き、数百円のＣＤや古本、安い古着を買ったりもしたが、本当に歩くだけで、見るだけで楽しかった。

当時仲良くなった東京生まれ東京育ちの友達は、「東京はお金がないと楽しくないよ」と物知り顔で言っていたが、私にはそうは思えなかった。確かに東京には、お金があれば楽しいこともたくさんあるが、お金を使わずに楽しめることもたくさんあるからだ。

中野の街だけは、私に何の疎外感も劣等感も孤独感も抱かせなかった。東京での人生を中野で始められたから、なんとか今までやって来れたような気がする。

去年の末、中野を舞台にした作品を書かれているある作家さんと新井薬師前から中野を歩き、気がつけば互いの中野での思い出や好きなお店などを語り合っていた、という、有名人のゆかりの街歩きみたいな出来事があった。息を吐くように出るわ出るわで、自分でも思っている以上に中野にはたくさんの思い出が詰まっているのだと実感させられた。

上京して一週間後に情緒不安定になって号泣した中野サンプラザ前。初めて自分で口座を作った三菱UFJ銀行中野駅前支店。友達とDVDのパッケージを見ながらこれ良かっただのこの監督はどうだのと駄弁った南口のTSUTAYA。いつかこんなところに住んでみたいと憧れたヴィンテージマンションの中野リハイム。中二病の名残でインテリアとして二メートルの鎖を買ったホームセンター島忠《しまちゅう》。「もっと元気に」と注意されて二日で辞めた初めてのバイト先のバー。店名に惚れて求人に応募したくせに結局辞退した「スナック青春」。不眠症になった頃よく深夜にお世話になった二十四時間営業のやよい軒。男友達に告白されたブロードウェイの出口。

こうして列挙すると小学校の卒業式みたいになってしまうが、消えてしまったものも少なくない。中央線仲間の先輩に連れて行ってもらった喫茶店アザミ、二十一歳の誕生日を過ごした風月堂中野店、中野通りの桜を眺めながらみたらし団子を食べた炭火焼き団子の縁家《えにしや》。築六十年超えの団地のあった南口も再開発が進んでいるし、中野サンプラザと区役所もじきに建て替えられる。

ここ数年で、愛する街が変わっていく寂しさを知った。この程度でこんなに喪失感を抱くのなら、もっと昔から知っている街が変わっていく喪失感はどれほどのものなのだろう。

それでも中野には変わらず活気はあって、サンモールは今や原宿の竹下通りよりも人が多いのではないかというくらい賑わっている。

東京の人混みやごちゃごちゃした感じを忌避する人は多いが、私は東京のそういうところが決して嫌いではない（厳密に言えば東京都にも閑静な田舎はあるので、世間で語られる「東京」は多くの場合、山手線を中心とする一部の地域に過ぎないわけだが、ここでも便宜上その一部だけを指して東京と記述する厚顔無恥を許して欲しい）。

声を張る必要があるくらいうるさい大衆居酒屋は疲れるけど、いわゆる都会の喧騒と呼ばれる街の雑音はどこか心地良い。押し潰されそうなほどの満員電車は嫌いだけど、乗車率五割くらいの電車に乗るのは好きだ。人とぶつからないように神経は使うけれど、群れのように大通りを歩くのは悪くない。

去年、仕事で東京の郊外に行くことが何度かあった。都会の高層ビルの隙間から申し訳程度に見える空とは比べものにならない広く濃い青空や海を満喫し、やっぱり自然って良いな、気持ち良いなと素直に思うのだが、都心に帰ってきて夜の猥雑なネオン街や人混みを見ると、なぜだか心底ほっとする自分がいることに気がついた。

このあいだも祖父の葬式のため祖父母の家にしばらく泊まり、芝生に覆われた土手の桜並木を散歩したり日の当たる縁側で坪庭《つぼにわ》を眺めながら紅茶を飲んだりといった極上の時間を過ごしたというのに、やはり東京に帰ってくると、終電間際の駅前で大学生が騒いでいる光景にすら、不思議と落ち着く始末である。

それらがなぜなのか、ようやくわかった瞬間があった。ここ数年間、私は二ヶ所のスポーツセンターに通っていた。スポーツセンターAは人が少なく、いつ行っても女子更衣室にはほとんど人がいない。一方スポーツセンターBはいつもほどほどに賑わっていて、トレーニング室では皆黙々と筋トレをし、更衣室ではスポーツ教室や何かの練習で集まった年配の方々や小学校の母親グループなどがお喋りをしているが、私はたまに一言挨拶を交わす程度で交流は一切ない。

しばらくBに通ったのちに久々にAに戻ると、妙にそわそわして落ち着かず、無性にBが恋しくなった。そこではたと気がついた。これは私にとっての東京そのものだと。

無数の知らない人がいて、誰かと目を合わせることもなく、すれ違っているだけの、東京。

一年間の寮生活を終えても中野を離れたくなかった私は、中野駅徒歩十分のワンルームを借りたものの、他人の気配のない家というのもそれはそれで孤独感を覚えたものだった。

帰省せずに初めて一人で過ごした年末年始の、閑散とした街の心細さは耐え難かった。みんなどこに行ったの。私を置いて行かないで。幼少期に観たクレヨンしんちゃんの『オトナ帝国の逆襲』の、大人たちが消えた夜の商店街のトラウマが蘇るようだった。

実家にいた頃は友達がいなくても外に人がいなくても平気だったから、家族やそれに近いような存在がいれば、どこにいても寂しくはないのかもしれない。

たぶん私は、基本的に人間は好きだけど、ごく限られた親しい人以外の人間と距離が近いのは苦手なのだ。どこに行っても知り合いに遭遇する地元では例えば飲食店に入ると客全員が振り向いてこちらを確認してくるようなところが不快だったし、ある程度の交流が強制される学校も寮生活も苦痛だったし、バイト先の職場で毎週同じ人たちと顔を突き合わせるのも憂鬱だった。かといって今のところ、新たに自分の家族を作るイメージも湧いてこない。

だから私は、一人で暮らしていても、同じように一人で暮らしている人がたくさんいて、一人じゃないんだと思える東京が好きなのだ。

外に出ればたくさん人がいるけれど、近所付き合いはなくて誰も干渉してこない、そんな距離感に居心地の良さを見出しているのだろう。

そのことに気づいてから私はなおさら、できる限り東京にしがみついていたいと思っている。無数の知らない人がいて、誰かと目を合わせることもなく、すれ違っているだけの、東京に。

24 中目黒の美容室

「劣化が進んでおりますので、鼻当てを調整する際にもしかしたら金具が折れてしまうかもしれません。その点だけご了承いただければ……」

知らなかった。一般的に眼鏡の寿命が二、三年だなんて。一目惚れした眼鏡を一生ものくらいの勢いで買った、二年半前の無知な自分に教えてあげたい。

テンプルがジグザグになっているデザインが可愛いこの眼鏡は、二〇一九年秋の、ジュエリーブランド〈LOVE BY e.m.〉とＺｏｆｆのコラボ商品である。ＳＮＳで見かけるやいなや最寄りの店舗に飛んで行って試着してみると、我ながらよく似合っていて運命を感じた。私にとっては少し高い買い物だったのだが、いつ見ても新鮮にときめくから、買ってよかったと心底思っている。もう長いこと調整しておらず、流石にそろそろしてもらおう、と店頭に持ち込んだ矢先だった。

しかし、背に腹は代えられぬ。死ぬリスクのある手術よろしく、壊れる覚悟で眼鏡を差し出した。数分後、愛しい眼鏡は無事に私の手に戻ってきてくれた。

かけてみると驚くほど快適だった。これでまた元通りかと思いきや、二週間ほど経つと再びずり落ちてくるようになり、急速に調整前の状態に戻っていく気配を感じた。やはり、もう長くないのか……。そう悟った私は、眼鏡を中指で押し上げながら、昔から憧れている美容室のサイトを開いた。


いつかインスタで流れてきて知った、雑誌にもよく載っている有名店。最先端の美容室のインスタアカウントにはカラーを施したヘアスタイルが並んでいることが多い印象だが、そこは一貫して黒髪が並んでいる。カラーやパーマよりもカット技術で勝負する潔さ、一見シンプルな中に光るさりげない個性、モダンかつどこか奥ゆかしい絶妙なさじ加減に、他とは一線を画す美意識と風格を感じ、恋焦がれて早五年。いつも実際に行くのは、ほどほどの価格でほどほどの技術とセンスがある美容室だった。

オシャレな場所に躊躇なく行けるなら、私は連載にこんなタイトルをつけたりしない。東京に住んでいてファッションやカルチャーに関心はあるほうだけど、いわゆるシティガールにはなれていない気がする……。そんな漠然としたコンプレックスを表現したつもりだ。ここで言うシティガールの定義を聞かれたら、私はこう答える。

ファッション誌やFASHIONSNAP.COMのストリートスナップに載っている女性。

一般的には、都会的で垢抜けていて流行に敏感な女性、くらいのイメージだろうし、これは他人に対してシティガールか否かを判定する基準などではない。ただ、私が「未満」だと思う時、つまり自分には超えられない壁として具体的にイメージしているシティガール像をわかりやすく言うと、そうした有名なファッション系メディアにスナップされているような女性たちなのだ。

私はというと、服は好きだから昔から周囲の人にはよく「オシャレだね」と言ってもらえるけれど、原宿や代官山をどれだけ歩いても、まともなファッションスナップの声がかかったことは一度もない。せいぜい「今度新しく作るフリーペーパーに載せたいから撮らせて」と言うだけの怪しい男とか、インスタの個人アカウントに〝被写体〟や撮影会モデルの女の子たちの写真をアップしているだけの自称フォトグラファーが話しかけてくるのが関の山。美容師に声をかけられてもだいたいサロンモデルではなくカットモデルのハントだし、二十歳くらいの頃は表参道を歩くと芸能事務所にスカウトされることはあったけど、ことごとくうさん臭い無名の事務所ばかりだった。

私のオシャレ偏差値はその程度なのだろうという劣等感があるから、一流の美容室には見合わないと足踏みをしてしまう。そして何よりこういうことをいちいち気にするような自意識の強さと自信のなさこそが、シティガール未満たる最大の所以なのだ。

が、しかし。コロナ禍を通して否応なく痛感させられた。行きたいところには行けるうちに行き、会いたい人には会えるうちに会い、好きな人には言えるうちに好きだと言うべきなのだと。

国内の陽性者数が激増し医療崩壊が叫ばれていた二〇二一年の夏、ワクチン接種の予約に苦戦しているうちに感染した時は、死を意識せざるを得なかった。そもそも、災害や戦争、事故、病気などで突然日常が奪われる可能性は常にあるわけで、例えば首都直下地震が来たら東京にはいられなくなるかもしれない。経済的な事情で地元に帰ることもあるかもしれない。そんなことを想像するうちに、今いる東京でやり残したことがないようにしたいと考えるようになった。

ずっと行きたかった場所。東京にしかないところ。東京でしかできないこと。真っ先に浮かんだのが例の美容室だった。髪を切るのはリモートではできないし、国内で最高峰の技術とセンスが集まる東京の美容室に行くのは、東京でしかできないことだと言えるのではないか。

それでもなんだかんだタイミングを逃してしまっていたが、余命少ない眼鏡に尻を叩かれ、ついに予約を入れたのだった。

今いちばんお気に入りのワンピースを着て、久々にM・A・C《マック》の濃いボルドーの口紅を塗って、中目黒駅から山手《やまて》通りを歩く。

少し早めに着いて、ガラス張りの向こうの白で統一された清潔感溢れる店内を横目に、ただの通行人ふうに一旦通り過ぎてみる。路地裏で猫背をめいっぱい伸ばしてから引き返し、軽く深呼吸をしてドアに手をかける。とにかく、堂々と。堂々としているのが最強のオシャレな気がするから。


白いソファに座ってアンケートを記入すると、坂口健太郎似のアシスタントらしき好青年がシャンプー台まで案内してくれた。

「こないだメンズノンノの撮影があったんですけど……」「資生堂の人が来て……」

常連らしきお客さんとの会話の中で美容師さんが放つ固有名詞のあまりの華々しさに眩暈《めまい》がしそうになっている私の顔に、白い布が被せられる。その隙間から僅かに見える、ソファで順番を待つボリューミーなショートヘアの女性も、それ以上どこに手を加えるのか疑問なくらい既に完成されているように思えた。

鏡の前の椅子に移動し、指名した美容師さんと挨拶をする。今日はどうしたいとかってありますか、との問いかけに私は、予約した時から決めていた、たった一つの望みを口にする。

「この眼鏡に合う髪型にしたくて……」

現状では、両フレームから伸びるジグザグのテンプル部分が前髪で隠れてしまって、せっかくのデザインが生かされていない。最期にこの眼鏡の魅力を最大限に引き出したい。この眼鏡との生活でやり残したことがないように。この人ならきっと叶えてくれると思ったのだ。

美容室で世間話をするのも苦手な私だが、担当の美容師さんとは不思議と話しやすく、心にすっと入ってくるような感覚があった。でも決して、何のお仕事されてるんですかなどと個人的なことには踏み込んでこない。カットしながら、眼鏡の話を広げてくれたり、髪質やヘアオイルの話だけをしてくれる距離感にも安心できたのかもしれない。

五センチほど切って顎くらいの長さに揃えたところで、いよいよ前髪の調整に入った。幅をよりワイドに、かつ眉くらいまで短く切ることでテンプルに被らせない。サイドバングをジグザグの下降線の角度に合わせることで眼鏡との統一感を出す。何度か眼鏡をかけたり外したりしながら、丁寧に、眼鏡を魅せるデザインに仕上げてもらうことができた。

「うん、可愛い」

美容師さんは私に対してというよりは自身の作品に納得したようにそうつぶやき、私も同じ言葉を心の中でつぶやいた。これはコロナ以降毎回なのだが、人に顔を見られる機会と比例してメイクをすることも髪を切る頻度も減ったせいで、数ヶ月ぶりにしっかりメイクをして美容室に行って伸び放題だった髪が整うと、自分が可愛すぎて驚くのだ。見慣れれば魔法は解けてしまうのだが、その時だけは落差によって可愛く見えるという現象である。それにしても今回はいつにも増して可愛い気がする。スナップはされないかもしれないけど、可愛い。眼鏡を外しても似合っているのも嬉しい。

最後に合わせ鏡で三六〇度から確認する。私の頭蓋骨の形が左右非対称だからか、どこでカットしても右後頭部が若干ぺたっとしたシルエットになりがちだったのだが、それもほとんど気にならない。正面から見て左右の髪の長さを最終調整するフェーズがなく、一発で綺麗に揃っていたのも驚きだった。

最も衝撃的だったのは、切った髪の毛がなぜかまったくと言っていいほど顔や首に付いていなかったことだ。首に巻く布などが特別きつかったわけでもないし、これが一流の技術なのだろうか。

卑屈になって緊張していた一時間前が嘘のように、私はただただ気持ち良く過ごして店をあとにした。

何かやりたいことがある時、なんとなくめんどくさいとか、なんか恥ずかしいという程度の理由だけで行動しないのはもうやめたい。現状維持と迷ったら、変化のあるほうを選びたい。それは必ず、私にとって新たな発見や学びをもたらし、世界を広げてくれるから。

私は約二年ぶりにマスクを外して、生まれ変わったような清々しい気分で目黒銀座商店街を歩いた。

iPhoneのメモを開いて、東京でやりたいことリストにチェックを入れる。次は前髪が伸びないうちに、浅草の寄席に落語を観に行ってみたいと思っている。

Cafe

原宿　TOGAの靴

25

本を出せたら死んでもいい。

そう思うようになったのは中学三年の頃だった。もしも恩師と呼べる先生を一人だけ選べと言われたら、私は真っ先に中三の時の担任を挙げるだろう。

折しもその年に赴任してきたその先生は、当時四十代の女性で、早稲田の第一文学部を出て東京の出版社に勤めたのちに地元で国語教師になったという、田舎の小さな公立中学では珍しい経歴の持ち主だった。授業に挟む小話や生徒との何気ない雑談の中に教養や知性が溢れていて、そこらの教師とはひと味もふた味も違うことはすぐにわかった。

確か五月だったと思う。先生が唐突に、国語の宿題を忘れた生徒に対して「ノートに一ページ以上何かしらの文章を書いて提出する」というペナルティを課した。内容は普通の日記でも最近考えていることでも何でもいいから、と。少し風変わりなその罰則は、私のために用意されたのではないかと思えるものだった。

私は物心ついた頃から場面緘黙《かんもく》症といって、基本的に家以外で発話ができない症状に苦しめられていた。誰かに話しかけられたら首を縦か横に振ることで応答し、たまに時間をかけて蚊の鳴くような声で短文を発するのが限界で、それ以外、例えば自ら話しかけたり疑問文を話したりは一切できず、中学三年間で友達は一人もできなかった。

休み時間は黙々と小説を読み、放課後はすぐに帰宅し、学校での出来事を親に話すこともない毎日。場面緘黙のことはネットで知ったが、親に訴えても信じてもらえず、必要最低限の会話すらできないせいでクラスメイトには迷惑をかけ、疎《うと》まれることもあった。

本当は話したくて仕方がなかった。きのう家であったこと、流行りのドラマの話、好きな人の話。普通の友達と、普通のお喋りをして、声を出して笑ってみたかった。そんな教室での自分を、幾度となく空想した。

そうした抑圧のせいもあってか、小学生の頃から日記や作文を書くことは好きだった私は、思うままに綴った文章を先生に読んでもらえることに心が躍った。理科の実験で作ったカルメ焼きのこと、ヴィレヴァンでスピーカーを買ったこと、将来留学をしてみたいこと。二週間に一回くらいのペースで宿題の代わりにそんなエッセイめいた文章を提出するようになった私に、先生は「罰のつもりだったのにあなたには逆効果みたいね」と笑って、毎回赤ペンで丁寧に講評や感想を書いてくれた。先生のコメントに返信をしたり進路の相談もしたりと、それは半ば交換日記の様相を呈していった。

どこにでもあるキャンパスの大学ノートが、私の自己表現とコミュニケーションのすべてだった。

ノートや授業の中で先生は、学校も地元も大嫌いな子供で、居場所のない退屈な田舎を出るために必死で勉強したと語った。そんな大人に出会ったのは初めてだった。私がそれまで接してきた教師は学校愛も地元愛も強い人が多かったし、同級生だってみんな、学校にも地域にも不満を持っていないように見えていた。誰かと話したい気持ちはある一方で、だから私は学校の同級生たちとは共感し合えないこともわかっていた。

先生が披露するエピソードは、私にとってどれも親近感を覚えるものだった。あまりにも毛深くて学生時代は夏でも長袖を着ていたという話には、同じく剛毛コンプレックスの私は密かに共感したし、女としての自信を持てずこじらせていた若かりし頃の話には、中学生ながら自分も将来そうなるんだろうなという気がした。上京してカルチャーショックを受けた話や青春を謳歌した大学時代の話もよくしてくれたから、私は漠然とした東京への憧れをいっそう募らせていった。

インフラだけは概ね整備された平成版「俺《お》ら東京さ行ぐだ」とでも言うべき小さな田舎町。誰も私のことをわかってくれないと思っていたこの世界で、先生だけはわかってくれる気がする。

そこまで心の内をさらけ出せはしなかったけれど、そういう教師が、そういう大人が身近に存在するという事実だけで、私は希望を感じられたのだった。

そのノートの延長のような本を書くことを夢想するようになったのは、当然の帰結だったと思う。こんなに人知れず苦しんで生きてきたのに、私の痛みが誰にも知られないまま死んでいくなんて割に合わない。この世界に生きた証を刻みたい。本にすれば後世に残っていくはずだ。そしたらもう思い残すことはないだろう。そんなふうに考えていた。


誰も私のことを知らない場所に行きたい。そうでなければ話せるようになる気がしなかった。中学を卒業して、地元の高校で三年間耐え忍び、私は奇しくも先生と同じ大学の同じ学部に入学した。美容師と話せないがゆえに自分で切り続けていた重苦しい長い髪を、ばっさり切った。過去との決別のつもりだった。すべては東京で、新たな人生を始めるために。

そして、思い描いていたよりは上手くいかなかったけれど、かろうじて私は人と笑って話せるようになった。大学のクラスや寮には馴染めなかったものの、ちゃんと探せば友達ができた。別にシティガールになんかなれなくても、東京には居場所があると思えた。いつかは本を出せたらいいなという淡い夢を抱きつつ、歳月が流れた。

この連載を始めた当初から密かに書籍化を目指してきて、それが叶った暁には、TOGAの靴を買おうと決めていた。できれば初版の印税で買いたかったのだが、振込は刊行の少しあとで、おそらく人に会う機会が増えるのは発売前後だろうから、加筆修正をしているこの時期に買っておくことにした。それに私は自分へのご褒美という消費の仕方と相性が良くない。行き詰まった時こそ美味しいものを食べたりして気分転換を図り、何かをやり遂げた時には逆に普段以上に質素な生活をするほうが性に合っている。

表参道の裏通りにある、TOGA原宿本店。私はまたしても入り口を横目にただの通行人ふうに一旦通り過ぎて、猫背を伸ばしながら深呼吸をして引き返し、ドアを開けた。店内は控えめなボリュームのBGMが、TOGAらしい荘厳な雰囲気を引き立てている。私は何か大切な戦いに向かうような、どこか心地の良い緊張感を全身で感じた。

数年前、新宿駅南口のルミネの前で見かけた人が忘れられない。私が大学の入学式と就活用を兼ねて洋服の青山で買ったような、シンプルな黒無地のパンツスーツとビジネスバッグに、質素な黒髪とナチュラルメイク。一見平凡な二十代前半の就活生か、勤め始めてまだ日の浅い会社員という感じなのだが、その人の足元をよく見ると、TOGAのメタルローファーを履いていたのだ。

サドルにあしらわれたメタルパーツのベルトが目を引く黒のビットローファー。TOGAの中では比較的シンプルなデザインの定番商品だが、一般的に就活生または会社員の二十代の女性が普通の黒スーツに合わせるには、なかなか尖っていると言えるだろう。勝手な想像に過ぎないが、社会の暗黙のドレスコードに対するささやかな抵抗のようにも思えて、それはそれはかっこよく映ったのだった。

お店で改めて実物を見て試着してみると、エッジの効いたシルバーのメタルに反してほどよく丸みを帯びたトゥのフォルムと、グラスレザーの艶感がやっぱり可愛い。何にでも合わせやすそうだし、末長く愛せそうな気がする。

最近の私は高めの服などを見るたびに、太宰治の短編「葉」の冒頭の一節が頭に浮かぶ。

「死のうと思っていた。ことしの正月、よそから着物を一反もらった。お年玉としてである。着物の布地は麻であった。鼠色のこまかい縞目《しまめ》が織りこめられていた。これは夏に着る着物であろう。夏まで生きていようと思った」

人と話せるようになっても、多くの人に文章を読んでもらえるようになっても、相変わらず生きることは苦しく、死にたくなる時もある。

それならば、一生ものと呼べるような何かを買ったら、その寿命が尽きるまで生きようと思えるだろうか。

絶望の淵に立たされて魔が差した瞬間に、ふと足元を見て、長く履くつもりで大枚はたいて買ったのに今死んだらもったいないな、と踏みとどまることができるだろうか。もう少し踏ん張ってみようと思えるだろうか。

六万円の靴なんて未だに到底身の丈に合わないけれど、見合う自分になろうと背伸びをして、追いつくことを目指すのも良いかもしれない。

私は一生就職できない可能性を考慮して大学卒業間近に慌てて作ったクレジットカードを取り出した。

夢って叶うんだなあ。

私は神宮前交差点の雑踏の中で思った。

しかしそれは、想像していたほど感慨深いものではなかった。大抵の夢は突然叶うものではない。地道に努力を積み重ねた先の結果であり、夢がだんだんと現実味を帯びていった末に、叶うものである。スポーツなどのわかりやすい勝ち負けのある夢ならばその瞬間の感動は計り知れないものかもしれないが、少なくとも私の場合はそうではない。

それに今どき本を一冊書いたところで、それだけで生活できるわけでも、物書きとしての将来が約束されるわけでもない。私のことだから刷り上がった本を前にしても、売れるかどうかのほうが気掛かりで、感慨に耽《ふけ》る余裕などない姿が目に浮かぶ。出版さえすれば後世に残って私が生きた記録を人々に読んでもらえると中学生の頃は思っていたが、実際は売れなければすぐに忘れ去られてしまうだろう。

夢はゴールではなく、一つの通過点に過ぎなかった。

長い長い坂道を登って、頂上が近づいてくる頃には、またすぐ先に気が遠くなるような登り坂が見えてくる。数あるうちの一つに過ぎない坂を登り切って、束の間の休憩。だがそこから望む景色は、やはり悪くないはずだ。

〝TOGA ARCHIVES〟のロゴが入った銀色の紙袋が、夏の日差しを受けてきらめいている。その眩しさに私は目を細め、原宿系に憧れた田舎での日々を思い出す。

意識していたわけではないが、この連載で綴ってきたあれこれは、先生がしてくれた話と通じる部分があるように思える。あのノートが、間違いなく私の原点だった。

大人になった今、先生に聞いてみたいこともある。私のためにペナルティを設けてくれたのですか。故郷を捨てたつもりだった先生にとって、地元で教師になるというのはどんな決断だったのでしょうか。

卒業以来疎遠になった先生とは、この先も連絡を取ることすらないかもしれない。でもなんとなく、先生はどこかでこの本を見つけて手にとってくれそうな気がする。

ＴＯＧＡのショッパーを下げて原宿通りを歩くこの瞬間の自分だけは、かつてあぜ道で夢見たシティガールだ。どんな靴下を合わせよう。昔Ｚｉｐｐｅｒ《ジッパー》で見た、ヴィヴィアン・ウエストウッドのソックスガーターをつけてみたい。新しい服や靴を買って、どんなコーディネートでどこへ行こうか思いを巡らすこの時間だけは、嫌なことも忘れられるから好きだ。

本を出せたら死んでもいいと思っていた。でもやっぱり、もう少し生きていようと思う。

おわりに

『シティガール未満』に書いてきた「今」のいくつかは、すでに過去のものになりつつある。

例えば「インスタ映え」は「映え」と呼ばれることが増え、サイゼイリヤの「ミルクアイスのせシナモンフォッカチオ」は廃止されて期間限定デザート「ミルクアイスのせシナモンプチフォッカ」として八十一円の値上げを伴って復活したのち、現在は「ジェラート&シナモンプチフォッカ」四五〇円として定番メニューとなっている。

特に東京の街の変化は著しい。渋谷ではアップリンクと東急百貨店東横店が閉館。沼袋アンブレラハウスは終了し、純喫茶ザオーも閉店。東急ハンズは「ハンズ」になってロゴも変わった。中野サンプラザは改築が決定し、ワールド会館は閉鎖され解体が噂されている。二〇一九年に日本を撤退したＦｏｒｅｖｅｒ21はもうすぐ再上陸するらしい。

書いたそばから過去になっていく街、東京。この本が刊行されるまでのあいだにも、また何かしら失われる風景があるかもしれない。そのくらい、目まぐるしいスピードで変化していく街なのだと実感した。私はそんな東京の、尻尾くらいは摑めただろうか。

三年半も経てば社会も人も変わる。個人的なことで言うと、このペンネームを付けた二十歳の時は本気で終電を逃したくないと思っていれば逃すはずがないと決めつけていたけれど、それでもうっかり逃してしまう人はいるのだと想像できるようになったし、喜ばしいことに不眠症はほとんど治った。悪い変化といえば、「来年の誕生日は実家に帰ってみようか」と書いたが翌二〇二〇年は帰省できるような情勢ではなくなり、外出や人に会う機会が減ったためにネタ探しに苦労し、更新頻度も落ちてしまった。

そうこうしているうちに二十代後半に差し掛かって初めて、シティガール云々以前に何歳までガールと呼べるのかという疑問が浮かんだ。自分なりに将来や老後のことは多少考えているつもりだったのに、このタイトルを付けた二十三歳の時は、十代の頃大好きだったカート・コバーンよりも長く生きることなんて全然想像できていなかったのだ。

今時のシティガール&ボーイが集まっているであろう谷根千エリアや学芸大学あたり、はたまたあえて六本木や麻布などのいわゆる港区的な街でも書いてみたかったが、やはり縁がないところは変わらなかった。

最後までシティガールにはなれなかったし、たとえこの先どんなにシティな大人になれたとしても、少なくとももう「ガール」ではないだろうから、そういう意味で私は永遠の「シティガール未満」となったのかもしれない。

今日日本《きょうび》なんて簡単に出せるものではない上に、人生何があるかわからないから、最初で最後になるかもしれないという覚悟でこれを書いてきた。書籍化を発表した際は、生まれた時以来なんじゃないかというほどたくさんの人に祝ってもらえたし、加筆修正と書き下ろしの執筆は、私の生涯で最も輝かしい時期なのではないかと思うほどに幸福な時間だった。いっそのこと終わらないで欲しいくらい幸せだった。

そんな幸せを私に与えてくれた、連載担当編集のKOこと大平さん、後任の右田さん、書籍担当編集の天野さん、連載から引き続き挿絵・装画を担当してくださった牛久保雅美さん、デザイナーの木庭貴信さんと岩元萌さん、応援してくれた読者の方々、書かせてもらった友人たちやお店や街ゆく人々……と挙げ出したらキリがないのだが、『シティガール未満』に関わってくれたすべての人に感謝したい。

二〇二二年十月

絶対に終電を逃さない女

本書は『ginzamag.com』で二〇一九年三月一五日から二〇二二年八月二二日にわたって連載された『シティガール未満』を加筆・修正し、書籍化したものです。「2　新宿の相席居酒屋とディスクユニオン」のみ、著者の公式ｎｏｔｅから収録しました。「25　原宿　ＴＯＧＡの靴」と「はじめに」「おわりに」は書き下ろしとなります。

絶対に終電を逃さない女《ぜったいにしゅうでんをのがさないおんな》

一九九五年生まれ。早稲田大学文学部卒業。大学時代よりライターとして活動し、現在はエッセイを中心にＷｅｂメディア、雑誌、映画パンフレットなどに寄稿している。本作『シティガール未満』が初の単著となる。

Twitter：@YPFiGtH　note：https://note.com/syudengirl

シティガール未《み》満《まん》

二〇二三年二月一〇日　第一刷発行

著者　絶対《ぜったい》に終電《しゅうでん》を逃《のが》さない女《おんな》
発行者　富澤凡子
発行所　柏書房株式会社
東京都文京区本郷二-一五-一三（〒一一三-〇〇三三）
電話（〇三）三八三〇-一八九一［営業］
（〇三）三八三〇-一八九四［編集］
装画　牛久保雅美
装丁　木庭貴信＋岩元萌（オクターヴ）
組版　株式会社キャップス
印刷　萩原印刷株式会社
製本　株式会社ブックアート
日本音楽著作権協会（出）許諾第2210017-201号

ISBN978-4-7601-5493-7